KB114621

드레곤 레이드 3

크레도 퓨전 판타지 소설

초판 1쇄 찍은 날 § 2017년 1월 11일
초판 1쇄 펴낸 날 § 2017년 1월 18일

지은이 § 크레도
펴낸이 § 서경석

편집책임 § 김슬기
편집 § 조은상

펴낸곳 § 도서출판 청어람
등록번호 § 제387-1999-000006호
등록일자 § 1999. 5. 31
어람번호 § 제1-2604호

주소 § 경기도 부천시 부일로 483번길 40 서경B/D 3F (우) 14640
전화 § 032-656-4452 팩스 § 032-656-4453
http://www.chungeoram.com
E-mail § chungeorambook@daum.net

ISBN 979-11-04-91137-8 04810
ISBN 979-11-04-91103-3 (세트)

FUSION FANTASTIC STORY

크레도 퓨전 판타지 장편소설

드래곤 레이드 ③

DRAGON RAID

도서출판 청어람

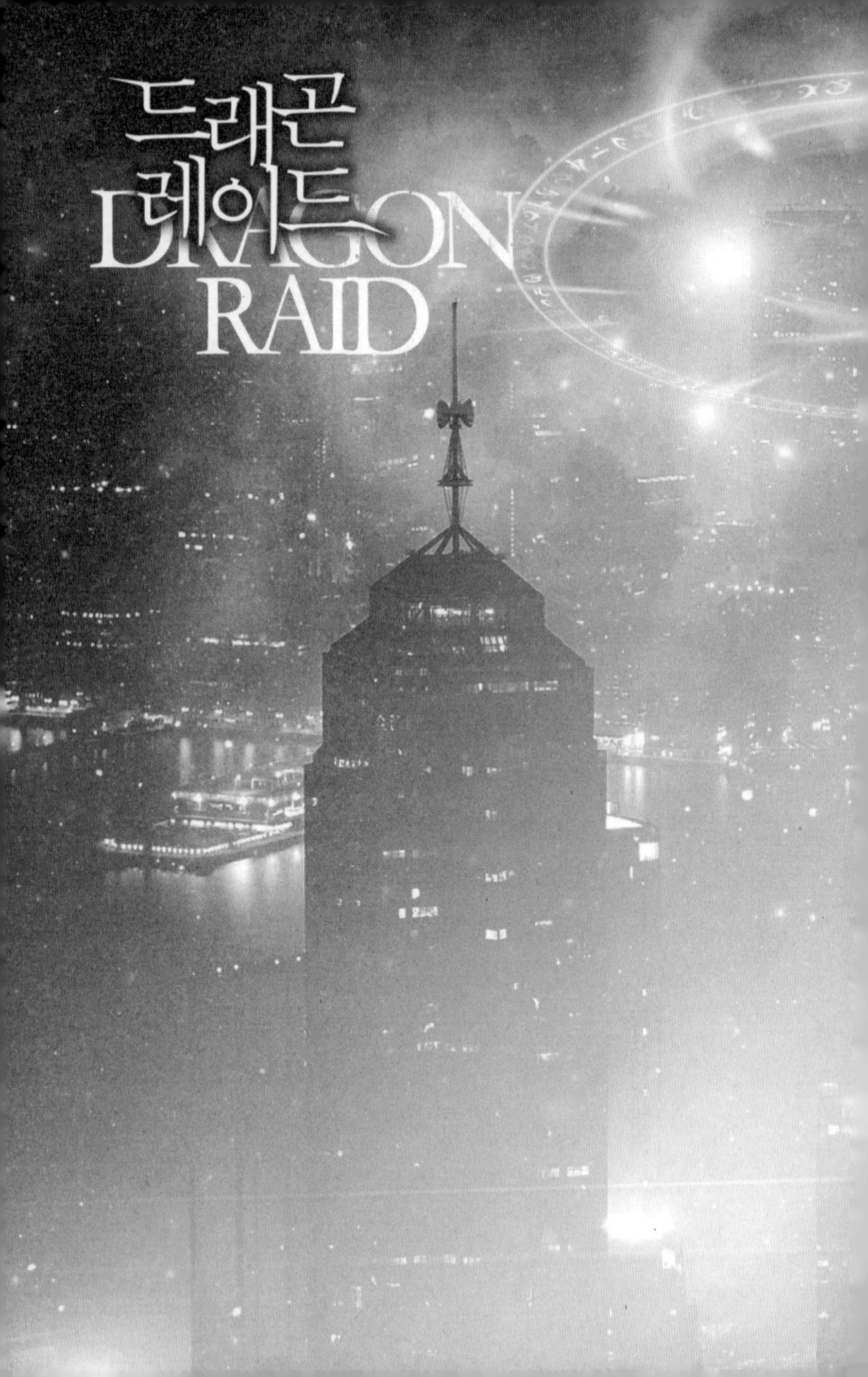
드래곤
레이드
DRAGON
RAID

CONTENTS

CHAPTER 1

황금의 땅, 무법의 지대

신성은 잠들어 있는 루나를 바라보았다. 어리고 순수해 보였지만 그녀의 정신력은 자신보다 더 굳셌다. 오히려 이리저리 흔들리는 것은 자신이었다. 그녀와의 교감은 흔들리는 자신을 바로잡아 주었다.

'나도 조금은 성장했으려나.'

예전에 비한다면 꽤나 발전했다고 볼 수 있었다. 정신적으로 거의 확립이 된 하이엘프나 상위 종족에 비한다면 아직도 불안정했지만 말이다. 애초부터 드래곤과 인간의 차이는 너무나 컸다.

자신이 최종적으로 어떻게 변할지는 이 여정의 끝에 밝혀질 것이다.

"히, 히히히……."

루나는 즐거운 꿈이라도 꾸고 있는 것 같았다.

신성은 배를 드러낸 채 자고 있는 루나를 바라보다가 이불을 덮어주고는 조용히 드래곤 레어 밖으로 나왔다. 이제 막 해가 떠오르는 시점이었다. 아침 일찍 일어나 텃밭에서 마력 당근을 뽑고 있는 골드레빗과 레드레빗이 보인다.

골드레빗은 마력 당근을 먹으려고 하는 레드레빗의 뒤통수를 내려치고는 마력 당근을 상자에 담았다.

"쉬엄쉬엄 해라."

"뀨?"

진심이냐는 듯 골드레빗이 신성을 바라보자 신성은 고개를 저었다.

"말이 그렇다는 거지."

골드레빗이 한숨을 내쉬며 고개를 설레설레 저었다. 마치 그럼 그렇지 하고 말하는 것 같았다.

신성은 세이프리 밑으로 내려가는 포탈을 열었다. 지상으로 내려가는 포탈은 무료였다. 강남의 마석을 닫고 부활석을 설치한 다음 세계수를 키우게 된다면 마력 코인을 이용해 빠른 이동이 가능할 것이다. 물론 무역품, 대형 물자나 화물의 이동에는 많은 제약이 있었다.

세이프리 밑으로 내려오자 마석으로 이동 중인 많은 아르케디아인이 보였다. 거대한 물자를 짊어지고 가는 이들도 있었는데 대부분이 생산계 아르케디아인이었다. 마석 안에서 주둔지를 꾸린다면 상점 설치가 가능했기에 마석의 안과 밖을 오가면서 이윤을 남기려는 것 같았다.

생산계 길드 중에서 제일 유명한 '만능 손' 길드의 길드 마크가 보인다.

세이프리 밑에는 많은 대형 버스들이 있었다. 정부 기관과 협조를 한 것인지, 아니면 개인의 자금을 투입한 것인지는 모르지만 버스에는 각 길드의 길드 마크가 새겨져 있었다.

"길드원 분들은 차례대로 탑승해 주세요! 죄송하지만 드워프 분들은 2인 1석, 페어리 분들은 3인 1석으로 착석해 주세요! 무기는 인벤토리에 넣어주시길 바랍니다! 화물은 따로 후송하겠습니다! 이름표를 붙여주세요!"

"아, 좁은데. 좀 편하게 가면 안 돼요?"

"죄송합니다! 수인족 분들이 워낙 덩치가 커서……. 그렇다고 무릎에 앉아 가는 건 좀 그렇잖아요? 드워프가 폼 안 나게 그럴 수 있을까요?"

"흐음, 그건 그렇죠."

마인 사건도 있고 해서 그런지 단체로 움직이려는 경향이 강했다. 아르케디아인 모두가 선한 것은 결코 아니었다. 수인족 중에는 공격 성향이 강한 종족도 있었고 휴먼족은 설정부터 혼돈에서 태어난 생명체였다.

다크엘프들도 그런 경향이 있었지만 엘프 계열이다 보니 근본적으로는 평화와 선을 지향했다. 다만 전투를 즐길 뿐이었다.

'후송되는 화물을 노린다면 확실히 많은 아이템을 취할 수 있겠지.'

화물에는 많은 수의 포션을 포함한 중형 도구, 각종 재료들이 포함되어 있었기에 약탈을 한다면 한몫 두둑하게 챙길 수 있을 것이다.

성향이 악으로 변한 이후가 문제이기는 하지만 말이다.

강남 마석까지는 꽤나 멀었다. 도보로 못 갈 것도 없었지만 대중교통이나 차량을 이용하는 편이 빨랐다. 그러나 신성은 현금을 가지고 있지 않다는 것을 깨달았다.

"음……."

신성은 잠시 주변을 바라보았다.

주변에 대한 통제가 이루어져 있어 일반인은 보이지 않았지만 카메라를 들고 있는 기자들이 가끔 보였다. 허가를 얻어 접근한 기자들이다. 특별히 선정된 만큼 아주 좋은 기사를 써 줄 것이 분명했다. 호탕한 수인족들은 그런 기자들에게 손을 흔들어 보이거나 포즈를 잡고 있었다.

아르케 넷 사태도 있고 하니 신성은 로브를 깊게 눌러썼다. 일단 차라도 얻어 타려고 버스 쪽으로 접근할 때였다.

"신성 님."

신성의 옆에서 익숙한 목소리가 들려왔다. 드래곤의 눈으로 옆을 바라보니 은신하고 있는 김수정의 실루엣이 보인다. 그야말로 대단한 은신술이었다.

"기다리고 있었습니다."

"마석 앞에서 만나기로 한 것이 아니었습니까?"

신성은 수정을 신뢰할 수 있다고 판단하여 같이 행동하기로 했다. 마석 앞에서 만나기로 했지만 어째서인지 이곳에서 기다리고 있었다.

"이동이 곤란하실 것 같아 기다리고 있었습니다. 잘 기다린 것 같군요."

신성은 피식 웃으며 고개를 끄덕였다. 신성이 모험가 팔찌를 통해 파티 신청을 하자 그녀가 승낙했다. 모험가 팔찌가 없더라도 파티 신청은 가능했지만 파티원에 대한 정보를 보기 위해서는 필수적으로 필요했다.

김수정은 자신의 차로 안내했다. 대단히 작고 허름한 소형 차였다. 김수정은 조금 민망한 듯 웃어 보였다. 물론 차가 아예 없는 신성보다는 상황이 나을 것이다.

수정이 운전대를 잡고 신성이 보조석에 탔다. 다크엘프가 운전대를 잡는 모습은 대단히 이색적이었다.

달달달!

시동을 켜자 특이한 엔진 음이 울려 퍼졌다. 무언가 매가리가 없는 소리였다.

"세이프리 주변에서는 기계의 성능이 확 떨어지더군요. 고장 날 정도는 아닌 것 같습니다만……."

"여러모로 큰 영향을 미치고 있군요."

"네, 세이프리 주변의 땅값이 치솟고 있습니다. 그 근방에 있으면 병이 회복된다는 소문이 사실로 굳어지고 있습니다. 덕분에 루나 님을 믿는 종교가 일반인 사이에서도 유행하고 있구요."

신성이 도시 운영 포인트로 사놓은 치료의 오라 덕분인 것이 분명했다. 신앙심은 루나에게 큰 힘이 되어줄 것이다. 일반인의 믿음이 어느 정도까지 그녀에게 효과가 있을지는 아직 모르지만 말이다.

김수정은 차를 출발시켰다.

어느 정도 달리자 많은 인파가 보였다.

통제 라인 밖에 있던 기자들이 연신 사진 촬영을 하기 바빴다. 세계 각국 언론이 모두 모여 있었다.

마석을 토벌하러 가는 아르케디아인들을 응원해 주는 시민들이 있었지만 종교 단체나 마석 근방에서 살고 있는 사람들은 아르케디아인을 비난하는 피켓을 들고 있었다.

아르케디아인들이 악마를 불러왔으니 그들만 사라진다면 이 사태가 해결될 거라고 주장하고 있었다. 아르케디아인들이 자신들과 같은 인간이었다는 것을 망각한 듯 보였다.

"조금 서운하기는 하네요. 우리도 저들과 같았는데 말입니다."

김수정의 말이 들려왔다. 신성은 저런 비난을 신경 쓸 가치가 없다고 생각했다. 그러나 에르소나를 비롯한 하이엘프, 그리고 상위 종족들은 신경이 쓰일 것이다. 하이엘프의 진실의 눈은 저들의 추악한 마음을 볼 수 있었으니 말이다.

OLv
종족 : 인간
소속 : 대한민국
성향 : 탐욕, 악

"너희 때문에 집값이 떨어졌잖아!"

"망할 놈들, 너희만 없어지면 돼!"

신성의 드래곤의 눈에도 그들의 정보가 보였다. 살짝 웃음이 나왔다. 원색적인 비난도 있었지만 그저 귀여워 보였다. 저러한 욕심 따위, 드래곤의 탐욕에는 비교도 할 수 없을 것이다.

신성의 시선에 닿은 자가 몸을 덜덜 떨기 시작하다가 그대로 기절했다. 자연스럽게 발동되는 드래곤 피어조차 일반인이 견딜 수 있는 수준이 아니었다.

"아……."

신성의 실수였지만 이 정도는 애교로 넘어갈 수 있을 것이다. 김수정은 그 광경에 무척이나 시원하다는 듯 그녀답지 않게 소리 내어 웃었다.

신성은 고개를 돌려 주변의 풍경을 바라보았다. 여전히 높은 건물들과 많은 사람들이 보였다. 그런 현대적인 풍경이 상당히 낯설게 다가왔다. 마치 게임을 접하는 느낌이다.

도로는 막히지 않았다. 도로를 통제하여 빠르게 이동할 수 있게끔 정부 측에서 적극적으로 협조해 주고 있었다.

강남 마석이 있는 곳에 가까워지자 군인들이 보였다. 강남 마석 주변에는 바리케이드가 쳐져 있었는데 군인들이 출입을 엄격히 통제하고 있었다. 별다른 절차 없이 아르케디아인이라는 것이 확인되면 바로 들여보내 주고 있었다.

"도착했습니다."

거대한 마석이 보였다. 검은 빛으로 차오르고 있었지만 아직까지는 여유가 있어 보였다. 예전에 왔을 때와는 다르게 나무가 무수히 자라 있고 필드 몬스터들도 보였다.

"무기 강화해 드립니다! 제 강화 랭크는 E—입니다!"

"포션 팝니다! 상점 것보다 효능이 좋아요! 개당 300C!"

"버프 효과가 딸린 요리 보고 가세요."

"마석 맵핑 정보 팝니다. 6% 완료했습니다. 주요 사냥터까지 갈 수 있습니다."

마석 앞에는 세이프리 대여품을 이용한 간이 노점상이 모여 있었는데 포션이나 다른 제조 아이템들을 팔고 있었다.

차에서 내린 신성과 김수정은 마석으로 다가갔다. 먼저 도착한 대형 길드의 길드원들은 이미 마석 안으로 진입한 지 오래였다.

노점상들을 지나쳐 마석 앞에 섰다. 신성은 이미 모든 준비를 마치고 왔기 때문에 노점상에서 물건을 구입할 필요가 없었다. 김수정을 살짝 보니 버섯 꼬치를 바라보고 있다. 신성을 기다리느라 아침을 안 먹고 온 김수정이다.

신성이 노점으로 다가가자 견인족 남성이 신성을 반겼다.

"어서 오세요! 세이프리의 특산물 마력 버섯구이입니다! 배고픔을 단번에 해결해 주고 체력 회복 속도를 올려줍니다!"

"얼마입니까?"

"하핫! 개당 10C만 받을게요! 재료값도 안 나온다구요!"

신성은 두 개를 구입한 후 하나를 김수정에게 건넸다. 김수정은 감동받은 눈빛으로 신성을 바라보다가 버섯꼬치를 들었다.

"감사합니다."

[당신의 배려에 김수정의 호감도가 상승하였습니다. +2]

"……"

신성의 눈에 김수정의 머리 위로 하트가 터지는 것이 보였다. 처음 겪는 현상이다. 보통 수치의 변화는 드래곤의 눈으로 정확히 확인해야 했지만 지금은 달랐다. 변화가 눈에 보였다. 아무래도 드래곤의 피가 진해진 결과물인 것 같았다.

마력 버섯구이는 그럭저럭 괜찮은 맛이었다. 버프 효과로 체력 회복 속도가 30분 동안 2% 올랐다. 김수정은 만족스러운 웃음을 짓고 있었다.

"버섯은 싫어했는데 다크엘프가 되니 고기보다 맛있더군요."

신성은 피식 웃고는 마석을 향해 손을 뻗었다. 그러자 마석 안으로 향하는 포탈이 만들어졌다. 어두운 색으로 이루어진 포탈이었는데 마석 주변에 있으면 이러한 포탈을 열 수 있었다.

신성은 망설임 없이 포탈 안으로 들어섰다.

휘이이!

포탈을 빠져나오자 전혀 다른 풍경이 펼쳐졌다. 밖이 이른 아침이었다면 지금 신성 앞에 펼쳐진 풍경은 완전 대낮이었다. 너무나 강한 빛은 마치 대지를 모두 불사를 것 같았다.

황금빛 모래가 아름답게 넘실거리는 곳.

불가사의한 모험의 땅.

바로 사막이었다.

[전투 지역, 오픈 필드에 들어섰습니다.]

[강력한 마석의 위력으로 성향 하락 수치가 크게 감소됩니다.]

[루나의 가호가 사라집니다.]

후끈한 열기가 신성의 몸을 휘감았다. 피부에 화상을 입을 정도로 뜨거웠지만 신성은 마력 스킨 덕분에 가벼운 더위만을 느낄 뿐이었다. 게다가 온도 조절이 되는 로브까지 덮고 있으니 상당히 쾌적했다.

주변을 바라보니 대형 길드들을 중심으로 주둔지 구축에 나서고 있었다. 이곳은 입구인 동시에 출구에 해당되었고, 제법 큰 오아시스가 있어 주둔지를 꾸리기에 안성맞춤이었다.

이미 여러 길드의 정찰조는 맵핑을 하러 떠난 것 같았다.

"역시 굉장히 넓군요. 메인 퀘스트가 진행되는 맵은 개발사들이 상당히 공들여서 만들었다고 알고 있습니다."

"크기도 크기지만 디테일적인 측면에서 현실보다 더 현실 같았죠."

김수정의 말에 신성이 그렇게 대답했다. 아무것도 없을 것 같은 사막이지만 자원은 풍부했다. 모래 밑에 묻혀 있는 보물 상자나 각종 유적지, 그리고 좋은 아이템을 드롭하는 몬스터 등 비활성 마석에 비교할 수 없을 정도였다.

보스 존으로 향하는 길은 딱히 정해져 있지 않아서 모험과 스릴을 충분히 즐길 수 있었다.

그야말로 누구에게나 열려 있는 오픈 필드인 것이다.

"계획이 있으십니까?"

김수정이 더운지 살짝 상기된 얼굴로 신성에게 물었다.

"모험이라고 하면 역시 레벨 업과 보물이겠지요. 보스 존으로 가는 길목에 제법 큰 규모의 유적지가 있을 겁니다. 순도 높은 마력으로 구성된 황금이 그곳에 잠들어 있습니다."

"확실히… 오픈 베타 초반에 화제가 되었죠. 그런데 이 광활한 사막에서 유적지로 가는 길을 찾아낼 수 있겠습니까? 대형 길드나 트레저 헌터들은 맵핑 정보를 공유하지 않을 텐데요. 주기적으로 오브젝트들의 위치가 바뀌어서 기억에 의존하기도 힘들구요."

"그건 차차 해결될 것입니다."

신성이 알 수 없는 미소를 짓자 김수정은 잠시 눈을 깜빡이다가 고개를 끄덕였다. 처음 만날 때부터 대단한 일을 아무렇지도 않게 해낸 그였으니 이번에도 무언가 방법이 있을 것이라 생각한 것이다.

신성은 드넓은 사막을 바라보았다. 아지랑이가 피어오르고 신기루가 곳곳에 펼쳐져 있었다. 정예 몬스터의 모습도 보였는데 사막 전갈이었다. 사막 곳곳에 사막 고블린뿐만 아니라 그보다 더 위력적인 몬스터들도 집단을 이루고 있을 것이 분명했다.

'과거 아르케디아 온라인에서 활동하던 트레저 헌터들이라면 어렵겠지만 유적지를 찾을 수 있겠지.'

유적지로 향하는 지도는 몇 가지 퍼즐을 풀어야만 획득할 수 있었다. 지도를 획득하면 자동으로 가는 길이 팔찌에 등록되고 맵핑이 되는 형식이었다. 지도는 이미 트레저 헌터들 사이에서 거래되었고, 맵핑 정보 역시 대형 길드 손에 들어갔을 것이다.

그러나 서두를 필요는 없었다.

어렵게 그들이 뚫어놓은 루트를 뒤따라가는 편이 훨씬 이득이었다. 며칠 만에 닿을 수 있는 유적지와 보스 존이 결코 아니었다.

'경쟁이 심하겠지만 놓칠 수 없어.'

금 조각 하나라도 놓칠 생각이 없기 때문에 신성은 각종 장비를 챙겨온 것이다. 아르케디아 온라인에서는 보스 존으로 가는 이벤트 중 하나라고 생각하며 즐겼지만 현실이 된 지금은 달랐다. 죽음을 각오해야 했다.

오픈 베타 초반에 신성은 유적지를 구경도 하지 못했다. 그저 레이드에 따라가서 이리저리 휩쓸리다가 딜을 넣은 것뿐이다. 과거에 유적지를 선점한 길드는 자금력을 바탕으로 그 이후 위로 쭉쭉 치고 올라갔다.

'드래곤 레어를 풍족하게 운용하고도 남을 돈! 계산이 맞는다면 세계수도 문제없을 거야.'

대량의 마력 코인으로도 변환이 가능한 황금.

그것이 사막에 잠들어 있었다.

*   *   *

주둔지 근처는 시원한 바람이 불고 있었다. 한가운데 있는 오아시스가 더위를 식혀준 것이다. 그 근방을 벗어나게 되면 불타는 듯한 더위가 작렬할 것이다.

마석 안 사막의 더위는 그냥 더위가 아니라 면역이 없는 이들에게는 디버프를 거는 무서운 곳이었다. 면역이 있다고 해도 이 정도의 더위는 움직임에 방해가 될 것이 분명했다.

"좋은 곳에 자리 잡았군요."

김수정의 말 그대로였다. 주둔지의 환경은 훌륭했다.

오아시스 주변에 솟아 있는 선인장에는 아름다운 꽃이 피어 있었다. 그 꽃을 따고 있는 페어리들이 보였고, 많은 아르케디아인들이 오아시스 주변에서 천막을 치고 있었다.

약한 모래 폭풍 정도는 견딜 수 있을 정도로 내구성이 좋은 천막이었다. 뿐만 아니라 건설되고 있는 울타리는 몬스터들의 접근을 막는 역할도 했다.

[E-]주둔지

여러 길드와 아르케디아인 집단이 이익 관계를 따지며 만든 주둔지. 임시 여관, 개인용 천막 등 주거 시설을 갖추고 있고, 대장간과 연금술 작업 공방 역시 갖추어가고 있다.

모든 아르케디아인에게 개방되어 있으나 안전 지역이 아닌 전투 지역에 속한다. 무법 지대나 마찬가지이니 주의가 필요하다.

*주요 길드 : 수호자, 푸른 매, 레드 소드, 형제단

*이용료 : 주둔지 안에서 발생되는 이익 5%

*맵핑 공개 지역(정보료 : 500C)

[E+]한적한 오아시스

[E-]큰 뿔 낙타 출몰 지역

[T]황금 가루 산맥(모험 퀘스트)

*밝혀진 자원(정보료 : 500C)

[E-]푸른 선인장

[E-]알 수 없는 뼈

[F]황금이 묻은 돌(레어)

[E+]숨겨진 황금빛 마정석(에픽)

주둔지 정보를 확인할 수 있었다. 모험가 팔찌를 통해 지역 맵핑과 자원 정보를 받아볼 수 있었고, 주둔지에서 일어나는 모든 금전 거래에 대해서 이용료가 붙었다.

어쨌든 대형 길드들이 만들어놓은 곳을 이용하는 것이었으니 불평을 가지는 이는 없었다. 신성은 일단 모험가 팔찌로 맵핑 정보를 받았다. 500C가 아깝기는 했지만 충분히 지불할 값어치가 있었다.

마석에서 맵핑이라는 것은 바다 위의 나침반만큼이나 중요했다. 기준이 되는 별자리도 없는 마석의 사막에서는 팔찌에 떠오르는 지도가 유일한 길잡이였다.

'황금 가루 산맥이 유적 퀘스트 출발 지점이군.'

유적 퀘스트는 황금 가루 산맥이 그 시작이었다. 오브젝트나 각종 퍼즐은 랜덤으로 출몰하기 때문에 직접 가보지 않는 이상 어떤 것인지 예측하기 어려웠다.

이미 트레저 헌터들은 그쪽의 퍼즐을 풀었을 것이다. 쉬운 퍼즐이든 어려운 퍼즐이든 가장 핵심적인 내용은 유적지로 가는 길을 보여준다는 것이다.

보이지 않는 황금의 길을 말이다.

'황금 가루도 광물이지.'

어떠한 보물도 드래곤의 눈을 피해갈 수 없었다.

드래곤의 눈을 E 랭크까지 끌어올린 신성이다.

신성은 씨익 웃고는 고개를 끄덕였다. 방향이 대충 정해졌으니 이제 가는 일만 남았다.

'음, 일단 탈것이 있으면 좋겠는데…….'

신성은 일단 주둔지 근처로 다가갔다.

주둔지 정보에서도 볼 수 있듯 주변에서는 큰 뿔 낙타 무리가 랜덤으로 출몰했는데 각 길드에서 초빙해 온 테이머들이 큰 뿔 낙타를 길들이고 있었다.

테이머는 수인족만이 선택할 수 있는 직업이었다.

모든 종족은 조련 스킬을 배울 수 있었지만 랭크가 붙은 몬스터에게는 잘 통하지 않았다. 그러나 테이머는 달랐다. 고레벨의 테이머는 몬스터를 소환수로 만들거나 탈것에 한정하여 코인화시킬 수 있는 능력을 지니고 있었다. 소환수로 만든 것은 양도가 불가능하지만 탈것은 다른 사람에게 팔 수 있었다.

그러나 현재는 그 정도 능력이 있는 테이머가 없었으니 그저 오픈 필드 안에서 탈 수 있을 정도로만 길들이고 있는 것이다. 길들인 탈것들은 그 던전이나 오픈 필드에 한해서 양도가 가능했다.

던전이 사라지게 되면 자동으로 사라졌다.

세이프리 상점에서 탈것들을 팔기는 하지만 이런 사막에서는 소용이 없었다. 사막 전용 탈것들은 다른 대도시나 가야 살 수 있었다. 때문에 대형 길드들은 테이머를 꽤나 많이 영입한 것으로 보였다.

'기분 나쁜 시선이군.'

주둔지로 들어오자 시선이 몰리는 것이 느껴졌다.

천 명이 넘어가는 여러 종족이 섞여 있어 상당히 시끌벅적했는데 얼굴을 가리고 있는 소형 파티나 길드들은 신성의 유니크 검을 보며 눈을 빛냈다.

전투 지역에서는 얼굴을 가리는 것만으로도 기본 정보를 숨길 수 있었다.

'도적질 정도는 부담감이 없겠지만 어쩌면 살인까지……'

성향의 하락이 적다는 것은 그런 뜻이었다. 도덕의 제한이 풀리게 된다는 말이었다. 유적지나 어떤 특정한 지역에서는 대놓고 성향 하락이 없는 PVP 구역이기도 했다.

김수정이 신성을 주시하는 이들을 눈치채고 단검을 잡았다. 그런 끈적끈적한 시선들은 다크엘프의 감각을 피할 수 없었다.

"어떻게 할까요?"

"일단 지켜보도록 하지요."

"알겠습니다."

그리고 드래곤의 눈 역시 피할 수 없었다. 그들의 장비는 제법 좋았다. 대형 길드와 길드원들과 비교해도 밀리지 않을 정도였다. 길드에 비해 소규모라고 할 수 있는 인원이 저런 장비를 갖추는 것은 무척이나 힘든 일이다.

'모두 7강 무기로군.'

은은한 빛이 나는 걸 보니 7강까지 강화한 무기가 틀림없었다. 무기 자체의 랭크도 낮지 않아 보였다. 등급 역시 레어는 될 것 같았다.

신성은 드래곤의 눈으로 그들의 성향을 살펴보았다. 아직 중립이었지만 조금씩 하락 중이었다. 소속은 없는 것으로 표시되지만 누군가 배후가 있을 것 같았다.

'가장 유력한 후보는 휴먼족 길드인 레드 소드겠지.'

그들과 관계가 있다는 증거는 없었지만 냄새가 났다. 레드 소드는 수호자 길드와 가장 많은 마찰을 빚는 길드였다. 김수정의 정보에 의하면 길드 마스터 자체가 휴먼족을 꺼리는 에르소나를 싫어한다고 한다.

아르케디아 온라인의 설정에서 휴먼족은 혼돈의 상징이었다. 전쟁과 평화를 반복하는 종족이었다. 그것이 휴먼족의 역사였다.

그런 혼돈적인 마음을 씻어낸 것이 바로 엘더였다. 엘더들은 정신 수양을 통해 그런 휴먼의 틀을 벗어났다고 알려져 있었다. 그러나 레드 소드의 간부진은 엘더로 진화하지 않고 귀족으로의 진급을 택했다.

비르딕 수도에서 귀족으로 진급한다면 성향 하락이 둔화되고 각종 혜택과 명예, 그리고 귀족만이 익힐 수 있는 스킬들을 받을 수 있었다. 진급된 계급은 스킬 형식으로 저장되기에 초기화된 지금도 그 흔적은 남아 있을 것이다.

그것 역시 최종 진화의 가능성을 잃어버리는 것인 만큼 신성은 택하지 않은 방법이다.

'게임이었음에도 꽤나 꺼려지는 부류였지.'

귀족이라는 감투를 이용하여 휘하 NPC로 사냥터를 점령하는 건 예사였다. 게임임에도 불구하고 귀족이라는 것에 심취해 말이 통하지 않는 집단이 되기도 했다.

게임에서는 그런 암적인 요소도 하나의 재미였지만 현실이 된다면 꽤나 끔찍할 것이다.

아르케디아 온라인에서 일어난 종족 전쟁이 현실에서 일어나지 말라는 법은 없었다.

'약탈된 화물이 사라졌다고 했던가?'

루나가 그런 말을 했던 기억이 났다. 공동으로 자금을 모아 물자를 꾸린 수호자 길드와 여러 길드들이 큰 손해를 보았다고 했다.

아무튼 수호자와 레드 소드는 지금은 협력 관계에 있었지만 언제든 계기가 주어진다면 등을 돌릴 수 있었다. 이곳이 그 기점이 될지도 몰랐다.

휴먼족 개개인의 무력은 낮지만 뭉칠수록 강해지는 버프를 지니고 있기에 집단전으로 들어가면 에르소나라도 쉽게 볼 수 없었다.

'보스 레이드가 성공한다면 성향이 오를 테니… 그전까지는 무법 지대겠군.'

마석이니만큼 루나의 간섭도 없으니 고삐가 풀린 상황이었다.

아르케디아 온라인은 경쟁을 자연적으로 유도했다. 게임에서는 재미있는 일이지만 현실이 된 지금은 결코 재미있는 일이 아니었다. 약자는 당하고 강자가 취하는 구조는 잔인한 현실을 보여줄 것이다.

신성은 물론 약자가 될 마음은 전혀 없었다.

"일단 낙타를 빌리러 가지요. 마력 코인을 지불하면 양도해 줄 것 같습니다."

"나, 낙타요? 그냥 걸어가도……."

"타고 가는 편이 훨씬 편할 겁니다."

"으, 으음."

신성의 말에 김수정이 곤란하다는 표정을 지었다.

여러 천막과 간이 상점들을 지나자 주둔지 너머에서 낙타를 잡고 있는 이들이 보였다. 신성이 낙타를 양도해 줄 수 있느냐고 묻자 그들은 고개를 저었다.

"아, 길드와 계약이 되어 있어서요. 3일 동안은 주요 길드의 길드원에게만 주기로 했습니다."

"저도요."

길드 마크를 단 이들 뿐만 아니라 길드 소속이 아닌 테이머들까지 그렇게 말했다. 낙타 출몰지를 대형 길드들이 접수한 것과 다름없었다. 물론 티는 내지 않겠지만 은근슬쩍 압력을 줄 것이 분명했다.

'이런 곳에 테이밍 코인을 쓰기에는 아깝지.'

신성은 지배의 힘이라면 어떻게든 되지 않을까 생각하고 있었다. 완벽하게 소유하진 못하더라도 약간의 지배 정도는 할 수 있을 것 같았다. 시도는 해보는 것이 좋을 것 같아 낙타가 출몰하는 쪽으로 걸음을 옮길 때였다.

"낙타 한 마리에 7KC! 어때?"

신성을 지켜보고 있던 여인이 그렇게 외쳤다. 김수정은 그녀의 말을 들은 순간 눈썹을 찡그렸다.

"사기꾼이군요. 7KC라니."

"다크엘프 언니는 아직 여기 상황을 몰라? 멀리 가려면 낙타는 필수라고! 내가 아니면 공급받지도 못할걸? 다른 겁쟁이 놈들이랑은 다르게 나는 내 장사를 하는 것일 뿐이야!"

"저 여우의 말은 들을 가치도 없습니다."

여인의 말을 들은 김수정이 신성을 보면서 말하자 신성은 여인에게로 시선을 돌렸다.

'상위 종족이군.'

다른 길드들이 그녀의 장사에 참견하지 못하는 이유가 있었다. 그녀는 수인족의 상위 종족이었다. 수인족의 상위 종족은 발언권이 수인족 사이에서 강하기로 유명했다.

그녀는 꼬리가 아홉 개 달린 여우.

호인족(狐人族)의 상위 종족인 구미호였다.

하지만 레벨이 낮고 스킬 랭크가 낮아서인지 꼬리는 두 개밖에 보이지 않았다.

신성과 눈이 마주치자 그녀는 요사스러운 웃음을 지었다. 상대를 유혹하는 스킬을 지니고 있었지만 신성에게는 전혀 통하지 않았다. 오히려 그녀의 뺨에 홍조가 떠올랐다. 그녀는 당황하며 뒤로 주춤 물러났다.

"으, 윽! 뭐, 뭐지?"

[스킬 카운터 보너스! 그대는 차갑고 무심한 남자!]

판정 : D!

스킬 포인트 : 30P(드래곤의 눈)

*은밀한 유혹이 유혹의 눈동자에 잡아먹힙니다.

*상대에게 역효과가 발생합니다.

강제 호감도 상승 : +20

그녀의 유혹 스킬보다 신성의 눈동자가 훨씬 강력했다.

유혹이 유혹에 카운터 당한 것이다.

신성은 신경 쓰고 있지 않았지만 항상 은은하게 유혹의 눈
동자가 발동하고 있었다. 드래곤 하트가 있는 한 그 효과는
끊이지 않을 것이다.

루나가 신성의 눈동자를 보며 좋아하다가도 걱정하는 것은
바로 그 이유에서였다.

신성은 잠시 그녀를 바라보다가 입을 떼었다.

"낙타가 어디 있는지 알려주실 수 있으십니까?"

"저기 앞에 있기는 있는데……."

떨리는 목소리로 얼떨결에 대답한 그녀이다.

신성은 고개를 끄덕이고 그녀가 알려준 방향으로 향했다.

주변에 있던 테이머들과 아르케디아인들이 신성을 주목하기 시작했다. 고급스러운 로브와 9강에 이르는 유니크 검은 너무나 눈에 띄었다. 방어구 역시 가벼운 재질이었지만 모두 7강이었다.

걸어 다니는 돈 덩어리나 마찬가지였다.

주시하는 이들이 많아지자 김수정의 눈빛이 차갑게 가라앉았지만 신성은 평온했다.

'저기 있군.'

큰 뿔 낙타는 21레벨이었다.

마석의 평균 레벨보다는 많이 낮은 편이었다. 테이머들은 낙타가 좋아하는 먹이로 유인하여 테이밍 스킬을 쓰거나 친화력 스킬로 호감도를 올려 유혹하는 방법을 택하고 있었다.

김수정은 낙타와 멀찍이 떨어져 있었다. 아무래도 낙타를 무척이나 싫어하는 듯 보였다.

일반적으로 동물원에서 볼 수 있는 낙타와는 달리 머리에 큰 뿔이 달려 있고 얼굴은 제법 귀여웠다. 등에 큰 혹 대신 차가운 기운이 흐르는 털이 솟아나 있었다.

"조련 스킬로 길들이려고? 어림도 없을걸. 그냥 돈 내고 양도 받는 게 정신 건강에 좋아. 저것들, 약해 보이지만 그래도 몬스터야."

어떻게든 돈을 뜯어내려는 듯 신성의 뒤를 따라온 여인이 피식 웃으며 말했다.

이곳에서 벌이가 짭짤한 듯 보였다. 도발과 회유를 반복하는 그녀는 제법 상업적인 수완이 있었다.

신성은 그녀를 무시하며 낙타를 살펴보았다. 낙타마다 체격이 다르고 레벨 차이도 있었다.

'저게 좋겠어.'

낙타들 사이에서 도도하게 앉아 있는 큰 덩치를 지닌 낙타를 발견했다. 색깔이 완전히 다르고 뿔도 하나가 더 달렸는데 사자처럼 갈기를 휘날리고 있었다.

23Lv

[E-]황금 갈기 낙타(탑승)(정예)

큰 뿔 낙타 무리를 이끄는 낙타. 정예 몬스터답지 않게 전투력은 무척 낮으나 사막에서는 말보다 빠른 이동 속도를 지녔다. 조련 스킬로 길들일 수 있으나 자존심이 강하고 워낙 성격이 포악하니 추천하지 않는다.

*포획 난이도 : [C](어려움)

신성은 저 황금 갈기가 마음에 들었다. 골드레빗보다 훨씬 황금에 가까운 색을 지니고 있었다. 황금을 목표로 하고 있으니 저 정도는 타줘야 할 것 같았다.

신성이 황금 갈기 낙타를 바라보며 다가가자 여인이 그런 신성을 비웃으며 입을 떼었다.

"저러다 망신만 당하지."

"말이 많군."

낙타를 피하며 조심스럽게 다가온 김수정이 여인을 차가운 눈으로 바라보며 말했다.

여인은 고개를 절레절레 저을 뿐이다.

*　　　*　　　*

저 황금 갈기 낙타를 원하는 길드 마스터는 많았다. 그러나 현재 테이머의 정점이라 부를 수 있는 그녀를 포함한 모든 테이머가 처참하게 실패해 버렸다.

황금 갈기 낙타는 자존심이 강하고 입맛이 까다로우며 몬스터에게서는 찾아보기 힘든 긍지마저 있었다. 황금 갈기 낙타와의 교감에서 느낀 것은 굴복하느니 차라리 죽겠다는 마음이었다.

가장 깨끗한 오아시스의 물만 먹고 가장 처음 피는 선인장의 꽃잎만 먹는 것을 보면 황금 갈기 낙타가 얼마나 까다로운 몬스터인지 알 수 있었다.

그녀는 신성을 마음껏 비웃어줄 생각으로 바라보았다. 다시 자신에게 부탁한다면 가격을 조금 깎아줄 의향이 있었다.

가격을 깎아주겠다고 생각한 것은 이번이 처음이다. 그녀를 알고 있는 자들이 그녀의 생각을 알았다면 아마 세상이 망할 징조라고 생각했을 것이다.

황금 갈기 낙타는 신성을 발견하고는 몸을 일으켰다. 정예 몬스터답게 오만한 눈빛으로 신성을 바라보았다. 일단 몬스터이기는 하지만 탈것 속성이 붙었으니 어느 정도 말을 알아듣고 교감이 되었다.

'좋게 좋게 가볼까?'

좋은 게 좋은 것이다.

신성이 좋게 타이르려 입을 열 때였다.

쿠르르릉!

신성을 향해 앞발을 들어 올렸다. 신성의 의도를 완벽히 무시하며 공격하려는 것이다. 공격력은 극히 낮은 편이라 마력 스킨에 어떠한 영향도 없겠지만 신성의 눈썹이 꿈틀거렸다.

퍼억!

신성은 검을 검집에서 빼지 않고 그대로 낙타를 향해 강하게 휘둘렀다.

드래고니안의 전투 기술로 발현되는 휘두름은 보통의 공격이 아니었다. 막강한 근력 스텟을 제대로 발휘할 수 있게 해주었다.

너무나 명쾌한 타격 음이 기분을 시원하게 만들어주었다.

'때리는 맛이 있네.'

예전과는 다르게 짜릿한 손맛이 느껴졌다.

낙타가 옆으로 튕겨져 나가며 굴렀다. 강력한 충격에 낙타는 정신을 차리지 못했다. 반항심이 끓어올라 신성을 향해 전력을 다해 덤비려 했지만 신성과 눈이 마주친 순간 그대로 굳어버렸다.

드래곤 피어가 발동되며 낙타의 전신을 옭아매었다. 낙타의 몸이 덜덜덜 떨리며 자동으로 무릎이 꿇려졌다. 몸이 공포에 자동으로 반응한 것이다

하지만 낙타는 굴복하지 않았다. 큰 뿔 낙타 무리의 우두머리로서 지내온 자긍심이 그것을 허락하지 않았다. 차라리 죽음을 선택할 것이다. 그것이 황금 갈기를 지닌 낙타의 자존심이었다.

신성은 드래곤의 눈으로 낙타를 바라보았다. 낙타는 시선이 닿자 몸을 바르르 떨었다. 하지만 해보라면 해보라는 듯 기세를 꺾지는 않았다.

[감정 상태 : 공포, 반항(75%)]

*[B-]자긍심으로 공포를 견딥니다.

폭력적인 방법으로는 길들일 수 없어 보였다. 그렇다면 한 차원 더 높은 방법을 생각해 봐야 한다.

'음……'

신성은 잠시 고민하다가 골드레빗이나 빅 베어가 잘 따르는 루나를 떠올렸다. 포근한 신성력의 힘으로 설득하는 방법을 택해야 할 것 같았다.

루나의 따스함을 느끼게 해준다면 몬스터라고 하더라도 마음을 열 것이 틀림없었다.

신성이 낙타를 향해 손을 뻗었다. 찬란한 백색의 마법진이 떠오르며 따스한 기류를 뿜어냈다.

하지만 드래곤의 따스함은 보통의 따스함과는 많이 달랐다.

너무나 아픈 따스함일 것이다.

"힐."

신성 마법이 걸리는 순간 낙타의 상처와 체력이 빠르게 회복되기 시작했다. 신성이 쓰는 신성 마법은 효과가 확실했다. 체력뿐만 아니라 정신까지 영향을 미치며 활력이 넘치게 만들었다.

낙타가 갑작스러운 상황에 영문을 몰라 눈을 동그랗게 뜰 때였다.

구르릉!

갑자기 눈을 뒤집고 폭주를 시작하며 이리저리 뛰어다니기 시작했다. 커다란 선인장을 박살 내고 낙타 무리를 날려 버리는 모습을 보며 다시 신성 마법을 걸어주었다.

"홀리 베리어."

바로 고통의 방패였다.

신상 마법이 분명한 시동어와는 다르게 고통의 방패가 펼쳐지며 낙타의 몸을 감쌌다.

날뛰던 낙타가 어딘가에 부딪치는 순간, 갑자기 배를 까뒤집으며 웃음을 흘렸다. 간지럼이 심한 모양이다.

신성은 천천히 낙타에게 다가갔다. 루나와 직접적으로 연결된 신성력은 마력에 비해 그리 많은 양은 아니지만 회복 속도는 괜찮은 편이었다.

낙타 주위에 있는 방어막을 툭툭 건드리자 낙타는 몸부림치며 웃음을 흘렸다. 그러다가 웃음소리가 점차 작아지기 시작했다. 아무래도 체력 소모가 심한 모양이었다.

그렇다면 채워주면 그만이다.

"힐."

우어엉엉!

체력이 빠르게 회복되었지만 낙타가 우울증에 걸린 것처럼 울음을 터뜨렸다.

"홀리 베리어."

신성은 다시 생성된 고통의 방패를 툭툭 건드렸다. 낙타는 극심한 악몽이라도 꾸는 것처럼 거품을 물고 부르르 떨었다.

[감정 상태 : 고통, 반항(11%)]
*[B-]자긍심의 효과가 약해집니다.

효과는 확실히 있었다. 신성은 시간을 두고 저주받은 힐과 고통의 방패를 계속 걸었다.

낙타는 비명과 울음, 그리고 기이한 웃음소리를 반복해서 냈다. 너무나 고통스러워 보이는 모습에 여인을 포함하여 모두가 말을 잃었다. 힐의 효과는 대단히 좋아서 체력이 계속 차오르고 정신마저 활력이 넘치니 낙타는 기절할 수조차 없었다.

신성이 다시 손을 뻗자 낙타는 고개를 들어 황급히 저었다. 간절함을 넘어 절박함이 묻어나오는 몸짓이다.

"태워줄 거냐?"

낙타가 고개를 빠르게 끄덕였다. 자존심 따위는 이제 남아 있지 않았다. 아예 처절하게 박살 난 것이다. 신성이 손만 뻗어도 움찔거리는 모습은 처량하기 그지없었다. 도저히 그 우아한 갈기를 자랑하는 낙타로는 보이지 않았다.

[감정 상태 : 압도적인 두려움, 굴복(100%)]

*지배의 힘으로 [E-]황금 갈기 낙타(정예)를 완전히 굴복시켰습니다.

[지배 보너스! 이것이 바로 교육의 효과!]

판정 : A

경험치 : 110%(5시간)(파티 적용)

이미 자긍심은 사라지고 없었다.

낙타가 주춤거리며 일어나더니 신성을 향해 무릎을 꿇었다. 신성이 등에 타자 몸을 일으키며 그래도 우아함을 지키며 걷기 시작했다.

"저, 저주 마법으로 정예 낙타를… 길들였어?"

여인은 입을 떡하니 벌리고 신성을 바라보았다.

도저히 루나의 힘을 빌린 신성 마법으로는 보이지 않았다. 그녀의 눈에는 저주 계통의 마법으로 보이는 모양이다.

"저주 마법과 조련 스킬이라……. 확실히 상극 속성이 아니니 패널티는 없겠지."

"새로운 테이밍 방법이 될지도 모르겠어. 문제는 몬스터의 정신력 회복인데… 도대체 어떻게 한 거지?"

"마탑이라도 있었으면 찾아갔을 텐데."

테이머들은 심각한 표정으로 이야기를 나누었다.

이 순간 테이밍 학파의 파벌이 갈리기 시작했지만 신성은 모르는 일이었다.

여인은 낙타를 타고 자신의 옆을 지나치는 신성을 올려다 보았다. 그녀의 눈에는 그 모습이 환상적으로 보였다. 낙타는 너무나 우아했고 신성은 그것을 넘어서는 압도적인 화려함을 지니고 있었다.

'테이밍 마스터!'

대형 보스 몬스터마저 길들일 수 있다고 알려진 것이 바로 테이밍 마스터였다.

대형 몬스터와 천 마리의 몬스터를 길들여야 테이밍 마스터로 인정받게 된다. 아르케디아 온라인 시절 모든 테이머가 도전했지만 테이밍 마스터의 칭호를 받은 사람은 존재하지 않았다.

'히든 피스!'

그녀의 머릿속에 떠오른 글자이다.

가까이서 지켜본 그녀는 확실히 알 수 있었다. 그것은 결코 일반적인 저주 마법이 아니었다. 아마 숨겨진 스킬일 것이다.

여인은 저 기술을 배운다면 테이밍 마스터는 결코 꿈이 아닐 것이라 생각했다. 정예 이상의 몬스터를 길들이는 것에 한

계가 존재하는 테이밍 스킬을 근본적으로 뒤집을 수도 있을 것 같았다.

귀찮게 몬스터에 맞는 먹이를 만들어오거나 오랜 시간 동안 테이밍 스킬을 쓰며 호감도를 올릴 필요가 없었다.

저것은 효율적이면서도 확실한 방법이었다.

신성은 멍한 표정으로 자신을 바라보는 그녀를 이미 잊은 지 오래였다.

구르릉!

낙타는 신성의 의도대로 움직였다. 딱히 고삐를 잡지도 않고 신성이 미세한 움직임을 보이는 것만으로도 방향을 정하고 있었다. 정예 몬스터다운 모습이었지만 두 눈은 이미 죽어 있었다.

신성이 김수정을 향해 가자 김수정이 움찔거리면서 물러났다.

"으음, 어릴 적에 낙타한테 침을 맞은 기억이 있어서……."

"그렇군요."

어린 마음에 트라우마가 될 만한 일이다.

신성이 낙타를 노려보자 낙타가 고개를 황급히 가로저으며 그럴 의사가 없음을 밝혔다.

김수정이 낙타를 바라보았다. 자세히 보니 얼굴은 인형처럼 귀엽게 생기기는 했다. 김수정이 조심스럽게 손을 뻗어 얼굴을 만지자 낙타는 느껴지는 따스함에 눈물을 흘렸다. 그러다가 신성의 존재를 깨닫고는 흠칫 몸을 떨었다.

"…귀엽네요. 자세히 보니 괜찮은 것 같습니다."

"가죠."

피식 웃은 신성이 손을 뻗자 김수정이 신성의 손을 잡으며 신성의 뒤에 앉았다. 낙타의 등은 상당히 넓어 두 명이 타도 여유가 있었다.

신성이 본격적으로 낙타를 몰려고 하자 두 개의 꼬리를 쫑긋 세운 여인이 달려왔다.

"자, 잠깐! 유적 퀘스트를 노리는 거라면 내가 정보를 줄게! 대신……."

"필요 없습니다."

"기다려! 그쪽은… 그쪽은 반대쪽이야!"

낙타가 속도를 내며 멀어지기 시작했다. 여인은 멀어지는 신성을 허망한 눈으로 바라보았다.

김수정은 상당히 쾌적한 승차감에 살짝 놀랐다. 황금빛 털은 부드러워 고급스러운 이불 같은 느낌이 들었다.

"그런데 그 저주 마법은 저번에 배우신 암흑 마법입니까?"

"루나교의 신성 마법입니다."

"네? 신성 마법을 어떻게… 아니, 그보다……."

김수정은 농담하는 줄 알았지만 신성의 말에서는 거짓이

느껴지지 않았다.

'설마 루나 님이 폭력적으로 변하신 건가? 그래서 수석 프리스트가⋯⋯.'

수석 프리스트 김갑진이 자주 쓰러진다는 소문은 김수정도 들어 알고 있었다. 김수정의 오해가 깊어갔지만 누구도 해명해 주지 않았다.

낙타는 빠르게 황금빛 사막을 향해 달리기 시작했다.

*　　　　*　　　　*

떠나는 낙타를 지켜보는 무리가 있었다. 열기를 막아주는 로브를 걸치고 얼굴을 마법 저항력이 들어간 붕대로 가린 그들의 모습은 상당히 독특했다.

"저주 계열 마법과 조련 스킬이라⋯⋯. 검은 장식용인가?"

그들 중 하나가 말하자 옆에 있던 사내가 고개를 저었다.

"마법 촉매용 검이겠지. 마법 스텟이 붙은 고급품일 거야. 그 극악한 저주 마법의 효과는 아마 거기서 나왔을 것이고."

"음, 가벼운 방어구를 입고 있는 걸 보니 마법 계열 직업이 확실해. 근력 스텟이 높은 것 같았는데 장비빨인가."

"느낌으로 봤을 때 7강 이상이야. 음, 어설프게 마검사를 흉내 내었을 수도 있겠군."

사내는 단검을 놀리다가 옆을 바라보았다. 천막 옆에는 덩치가 큰 사내가 앉아 있었는데 거대한 양손검을 손질하고 있었다.

"어쩔까요? 윗선에 보고하고 넘길까요? 아무래도 보통 인물은 아닌 것 같습니다. 이곳에서는 아르케 넷도 안 되니 보고해서 알아보는 것이 좋을 것 같습니다만……."

"그래봤자 둘일 뿐이야. 이제 슬슬 시간이 됐다. 가는 길목에서 벗겨먹도록 하지."

"음, 우리가 먹는 거군요. 좋은 생각이십니다."

사내는 피식 웃으면서 자리에서 일어났다.

여러 길드들이 움직이기 전에 미리 들어와 방해자들을 제거한 것이 바로 이들이었다. 그들이 처리할 수 없는 자들은 이미 리스트를 만들어 윗선에 올려놓은 상태였다.

그들의 일은 간단했다.

힘으로 눌러 버릴 수 있으면 철저하게 눌러 버리고 제법 버거운 상대면 적당한 선에서 방해를 하면 되는 쉬운 일이었다. 그럼에도 불구하고 떨어지는 수당은 상상 그 이상일 것이다.

무려 길드 하나를 부유하게 만드는 황금이었다. 앞으로 나타날 많은 것을 생각해봤을 때 지금 빠르게 자금을 모아놓아야 했다.

제의를 받았을 당시 서울에서 누려본 잠깐의 화려한 생활은 그에게 많은 영향을 주었다. 그들은 그 화려한 생활 그 이상을 바라고 있었다. 자신 역시 그곳에 도달하지 말라는 법은 없었다.

'이곳에서 한몫 잡아서 치고 올라간다면⋯⋯.'

현실이 된 이곳은 아주 많은 것을 가져다줄 것이 분명했다. 그렇기에 많은 대형 길드, 그리고 과거에 유명하던 자들이 황금을 노리는 것이다. 거기에 보스 몬스터까지 잡는다면 그 이득은 배가 된다.

누구도 무시할 수 없는 위치에 올라갈 수 있을 것이다.

일반인들이 생각하는 인생 역전의 수준이 아니었다. 그의 인식 속에서 지구는 이미 아르케디아의 하위 세계였다.

'생각보다 나쁘지 않아.'

약탈, 살인. 그것은 분명 많은 부담감이 있을 것이라 생각했다. 하지만 현실임에도 불구하고 그런 부분은 기이하게도 게임처럼 느껴졌다.

이 마석이란 무대는 이러라고 마련된 것이 아닐까?

이곳에서의 정당한 법칙일 것이다.

어차피 앞으로 일어날 재앙에서 약자들은 살아남지 못한다. 차라리 강자들에게 모든 것이 집중되는 편이 더 효율적일 것이다.

"예정대로 후송 물자를 턴 다음 추격한다."

"하하!"

"달려봅시다!"

사내의 명령이 떨어진 순간 주변에 있던 무리가 일제히 낙타에 오르기 시작했다.

'오늘은 전갈들이 포식하겠군.'

그는 성향을 최소한으로 떨어뜨리는 법을 알고 있었다.

순진하게 모험을 하고 있는 아르케디아인들은 악몽 같은 하루를 보내게 될 것이다.

*   *   *

바다처럼 펼쳐진 황금빛의 사막을 달려 나갔다. 신성은 낙타가 지칠 때마다 회복 마법을 걸어주려 했지만 낙타는 필사적으로 거절하며 계속해서 달렸다.

김수정이 인벤토리에서 음식을 꺼내 먹여주자 낙타는 감동하며 더욱 힘을 냈다. 낙타는 김수정에게 목숨이라도 바칠 기세였다.

당근과 채찍의 조화가 강력한 시너지 효과를 발휘하고 있는 것이다.

조금이라도 황금을 노리는 아르케디아인이라면 유적지의 방향을 알 수 있는 황금 가루 산맥으로 가겠지만 신성은 완전히 반대편으로 가고 있었다.

신성은 황금 가루 산맥에 대해서 읽은 기억이 있었다.

유적지 주변에서 부는 강력한 바람에 의해 유적지에 있는 황금이 깎이면서 모래 폭풍을 타고 날아온다는 설정이었다.

보통이라면 육안으로 식별할 수 없었지만 신성은 드래곤의 눈을 지니고 있었다. 바람을 타고 날아가고 있는 황금 가루가 그의 눈에는 보였다.

그 황금 가루는 아주 좋은 길잡이가 되어주고 있었다.

신성과 김수정은 반나절 동안 사막을 횡단하며 차근차근 경험치를 쌓았다. 사막에서 출몰하는 전갈 무리는 제법 짭짤한 경험치를 전해주었다.

휘익!

김수정이 휘두른 단검에 거대한 전갈 하나가 쓰러졌다.

뒤에서 찔러오는 독침이 신성의 마력 스킨을 긁었다. 신성은 그대로 손을 뻗어 독침을 잡은 다음 힘을 주어 박살 냈다.

독침을 잃은 전갈이 허겁지겁 모래 밑으로 숨기 시작했다.

신성은 전갈을 놓아줄 생각이 전혀 없었다.

드래곤의 눈으로 모래 밑을 바라보다가 검을 휘둘렀다.

파아아!

모래가 기둥이 되어 치솟으며 그 안에 있던 전갈이 두 조각 났다.

화염 저항이 붙은 전갈이라 화염 대미지는 기대할 수 없었지만 신성의 공격 랭크는 전갈이 견뎌낼 수 있는 수준이 아니었다.

[EXP 400×7 UP!]

[4P×7 UP!]

"이쪽은 다 처리했습니다. 전갈의 살점은 따로 모아놓았습니다."

김수정이 드롭된 아이템을 모으며 말했다. 드롭 된 아이템 중에는 요리 재료도 있었는데 상당한 풍미를 자랑했다. 김수정은 채식을 주로 했지만 고기 역시 즐기는 편이었다.

다크엘프는 고기 역시 즐긴다고 알려져 있었다.

"아! 신성 님, 편의점에서 라면을 사왔습니다. 전갈구이랑 같이 먹으면 좋을 것 같습니다."

"잘되었군요. 음료수는 없습니까?"

"콜라가 있습니다."

김수정의 말에 신성은 살짝 웃음을 보였다.

'경험치를 꽤나 쌓았군.'

사막의 경험치는 풍족한 편이었다.

3배 버그가 있던 마석보다 조금 낮은 수준이었다. 하지만 사막의 중심부로 갈수록 몬스터의 레벨이 높아지니 31레벨의 신성이라도 충분히 레벨 업을 할 수 있을 것이다. 전갈이 사라지자 눈치를 살피고 있던 낙타가 다가왔다.

김수정은 역시 빠르게 오르는 경험치에 만족한 표정을 지었다. 반나절에 불과했지만 벌써 레벨이 2나 올랐다. 신성의 처치 보너스는 파티 단위로도 적용되기에 그녀의 레벨이 가파르게 오르고 있는 것이다.

"그나저나 꽤나 사막 깊숙이 들어왔군요."

김수정의 말대로 낙타의 속도는 상당히 빨라서 벌써 사사막의 깊은 곳까지 들어올 수 있었다.

신성은 주변을 바라보았다.

모래 밑에 숨어 있는 전갈들이 신성 쪽으로 다가오려다가 무언가를 느끼고는 사라졌다.

'다른 세력권 내로군.'

전갈조차 감당할 수 없는 몬스터들이 이 안쪽에 살고 있는 것이다. 여기서부터는 조심해야 했다.

"저기 오아시스가 있는 것 같습니다만……."

김수정이 손가락으로 오아시스를 가리키며 말했다.

인벤토리에 물은 충분했지만 오아시스 근처에 가면 온도가 내려가기 때문에 아주 반가운 휴식처였다. 장기간 더위 속에서 달려왔기에 김수정의 눈빛에는 기대가 가득했다.

신성과 김수정은 오아시스에 접근했다. 오아시스는 신기루가 아니었다. 그러나 신성과 김수정은 동시에 멈춰 섰다.

"함정이군요."

신성은 김수정의 말에 고개를 끄덕였다.

오아시스 앞에 있는 것은 해골들이 꽂혀 있는 나무기둥이었다. 그냥 장식물로 보일 수도 있겠지만 상당히 위험한 물건이었다. 드래곤의 눈으로 바라보니 그것에서 뿜어져 나오는 마력이 오아시스 주변을 감싸고 있는 것이 확인되었다.

[T]사막 오크의 토템

사막 오크가 자신들의 영역을 선포하기 위해 세워놓은 토템. 자신의 적들을 도축하여 그 머리를 꽂아놓았다. 누군가 침입하게 된다면 지독한 사막 오크들의 추적이 시작될 것이다.

*[T]침입 감지
*[T]요란스러운 위치 알림

사막 오크는 레벨이 꽤 높고 체계적으로 움직이는 몬스터였다. 번식력이 대단히 좋아 대규모 병력을 유지하고 있을 것이다. 이 근처에 사막 오크의 주둔지가 있다면 그 물량은 장난이 아닐 것이 분명했다.

'길드 단위도 잘 건드리지 않는 놈들이지.'

사막 오크들 사이에 정예 몬스터의 비중이 많았고 드롭하는 아이템도 좋지 않았다. 게다가 경험치는 다른 몬스터와 비슷한 편이었다. 사막 오크를 이끄는 오크 족장은 그럭저럭 좋은 아이템을 드롭하기는 하지만 일부러 찾아 사냥할 정도는 아니었다.

게임에서는 피해가면 그만이었지만 아르케디아 설정이 마음에 걸렸다.

동료애가 무척이나 강하며 서로 촘촘한 연락망으로 연결되어 있다. 한 번 적으로 인식하면 모든 사막 오크들은 얼마가 걸리더라도 끝까지 추적한다. 사막 오크들은 죽음을 두려워하지 않고 오히려 전사로서 죽는 것을 축복으로 받아들인다.

이러한 내용이었다. 게임에서는 몬스터가 일정한 반경 이상을 넘어가지 않았지만 이곳은 다를 것이다.

'역시 좋은 사냥감은 아냐. 겨우 이런 곳에서 반룡화 현신을 사용하기에도 부담스럽고.'

시간이 지체될 것이 뻔했고, 더 좋은 사냥감이 있는데 집요하기로 소문난 사막 오크들과 어울릴 필요는 없을 것이다.

"사막 오크는 피해서 가지요. 조금 시간이 걸리더라도 이곳을 우회해서 가는 것이 좋을 것 같습니다."

"…그게 좋을 것 같습니다."

신성은 그렇게 말하는 김수정을 바라보았다.

그녀의 표정이 조금 지쳐 보였다.

디버프에 걸릴 수준은 아니었으나 이마에는 땀방울이 가득했고 겉옷은 이미 벗고 있었다. 잠시 그녀를 바라보던 신성은 로브를 벗어 그녀에게 건네주었다.

"온도 조절이 되는 로브입니다."

"아, 아닙니다. 괜찮습니다."

"저는 보호 마법이 있어서 괜찮습니다. 일단 조금 쉬어가지요."

오아시스 근처에만 접근하지 않으면 되니 이곳에서 쉬었다 가는 것도 좋을 것 같았다. 사막 오크 세력권 근처라 접근하는 몬스터도 없었고 오아시스에서 불어오는 바람은 대단히 시원했다.

신성의 검은 로브를 받아 든 김수정은 감동이 담긴 눈으로 신성을 바라보았다. 김수정의 위로 하트가 솟아올랐다. 드래곤의 눈을 계속해서 발동하고 있는 상황이라 너무나 뚜렷하게 보였다.

[당신의 배려로 김수정의 호감도가 +3 상승하였습니다.]

[다크엘프 김수정의 드래곤 나이트 승급 조건을 완료하였습니다.]

[변하지 않는 애정과 신뢰를 바탕으로 드래곤 나이트로 임명이 가능합니다.]

*[A]용혈의 다크엘프
드래곤 나이트로 진화한 다크엘프
다크엘프의 단점이 보완되어 엘프의 한계를 뛰어넘는 우월한 종족으로 재탄생된다. 충성심이 뛰어난 용혈의 다크엘프는 주인에게 많은 힘이 되어줄 것이다.

*용혈의 다크엘프 특성 스킬의 개화가 가능합니다.

창이 떠올랐다.

드래곤 나이트는 그냥 임명할 수 있는 것이 아닌 것으로 보였다. 종족, 혹은 성별마다 일정한 조건이 있는 것이다. 루나의 경우는 이미 계약 관계였고 서로가 서로를 완벽히 신뢰하고 있는 상황이었으니 조건을 이미 갖추고 있던 것이다.

김수정은 신성의 로브를 입었다. 로브에서 풍기는 냄새를 맡아본 김수정이 행복한 미소를 지었다.

신성은 인벤토리에서 캠핑 키트를 꺼냈다. 사막용은 아니지만 온도 조절이 되는 기능이 달려 있어 대체품으로 쓸 만했다. 해가 지는 시점이었으니 더위가 식기까지 기다렸다가 이동하는 것도 나쁘지 않아 보였다.

신성과 김수정은 텐트 안에 나란히 앉아 물을 마셨다. 텐트는 1인용이라 상당히 좁았다.

어색한 침묵이 내려앉았다. 김수정은 컵을 만지작거리며 신성을 힐끔힐끔 쳐다보았다. 격하게 몸을 움직였음에도 신성에게서는 한 치의 흐트러짐도 찾아볼 수 없었다. 처음에 본 모습 그대로 기품이 넘치고 늘 정돈되어 있었다.

한 나라의 왕이라 하여도 이러한 분위기는 갖지 못할 것이다.

김수정이 신성을 보며 그런 생각에 빠져 있을 때 신성 역시 여러 생각을 하고 있었다. 마침 이야기를 나눌 수 있는 딱 좋은 분위기가 형성되어 있었다.

그녀가 드래곤 나이트가 된다면 그녀의 전력이 더 강해질 것이고 자신의 모든 것을 보여줄 수 있으니 더욱 효과적인 전투가 가능했다.

신성은 그녀에게 지금 제안하는 것이 좋을 것 같다고 생각했다.

'과거에는 생각해 보지도 않은 일이지.'

누군가를 자신의 품으로 끌어들인다는 것은 예전의 자신이었다면 결코 생각하지도 않았을 일이다. 그것은 그의 마음속에 누군가 들어올 공간이 생겼음을 뜻했다.

신성은 요리 키트를 꺼내 과일 주스를 만들었다. 그녀에게 과일 주스를 건네며 입을 떼었다.

"제안을 하나 하겠습니다. 저와 계약하시겠습니까? 일반적인 계약은 아닙니다."

"계약이라 하시면……."

신성은 정보창을 그녀에게 보여주었다. 서로 파티가 되어 있으면 자신의 정보창을 파티원에게 보여줄 수 있었다.

그녀에게 보여준 것은 드래곤 나이트의 계약 정보였다.

드래곤 나이트가 가지는 힘이 그 안에 자세히 적혀 있었다.

"드래곤… 나이트?"

김수정의 눈이 동그래졌다. 정보창을 읽어 내려가기 시작하자 그녀의 눈동자가 조금씩 흔들렸다. 그러다가 입이 벌어지며 경악에 휩싸였다.

너무나 파격적인 내용이었다. 드래곤 나이트가 되는 것은 종족 진화에 가까웠다. 버프 효과는 최상위 종족에 비견될 만했다.

김수정은 그런 제안을 하는 신성을 바라보았다. 그동안 상위 종족 중 히든 피스에 해당되는 종족이라 생각했지만 그 생각은 확실히 틀렸다.

"드래곤… 최상위 종족!"

"정확히 말하자면 지금은 드래고니안입니다. 언젠간 드래곤이 될 수도 있겠죠. 딱히 욕심은 없지만요."

김수정의 표정이 멍해졌다. 드래곤이라 하면 아르케디아 온라인의 끝판왕이다. 오죽하면 용신이 나왔을 때 아르케디아 온라인이 서버 종료가 된다는 소문이 돌았겠는가.

신들조차 두려워한 것이 바로 드래곤이었다.

'최상위 종족? 어떻게… 그, 그럼 설마?'

그 가능성에 닿을 수 있는 자는 오로지 한 사람뿐이었다.

김수정은 에르소나의 곁에 있으면서 많은 정보를 접했다. 그리고 많은 것을 보아왔다. 그녀가 에르소나와 떨어질 결심한 계기는 명확했다.

바로 마신이라 불리는 남자 때문이었다.

그가 보스를 잡는 방법은 처절 그 자체였다. 몇 백번 죽어도 굴하지 않고 계속 도전하여 결국에는 승리를 쟁취했다. 그것은 그녀에게 많은 감동을 주었다.

"마신……."

"그런 별명은 조금 그렇지만 아마 맞을 겁니다. 지금 생각해 보면 저는 확실히 게임 폐인이었죠."

"아……."

김수정의 눈빛이 멍해졌다. 신성의 눈에 김수정의 머리 위에서 터지는 폭죽이 보였다.

[당신의 과거가 김수정을 감동시켰습니다.]

*파티원이 새로운 칭호를 습득하였습니다.

*[C][신성의 팬]김수정

김수정의 눈빛이 초롱초롱해졌다. 그녀는 생각할 것도 없다
는 듯 입을 뗐다.

"계약하겠습니다."

"보통 계약이 아닌 만큼 좀 더 생각해 보시는 게……."

"아닙니다. 바로 하겠습니다."

김수정의 의지는 명확했다. 어떻게 말을 꺼내야 할지 고민
하던 자신이 바보처럼 느껴질 정도였다. 김수정은 기대가 가
득한 눈으로 신성을 바라보았다.

신성은 심호흡을 하며 그녀의 심장 부근에 손을 올렸다.

두근두근!

드래곤 하트에서 마력이 뿜어져 나가며 김수정을 향해 쏟아
져 내렸다. 신성은 김수정에게서 강력한 신뢰와 애정을 느낄
수 있었다. 그것은 신성이 생각한 것보다 훨씬 고결하고 아름
다운 마음이었다.

언제나 기억 속에 있던 황금빛 들판이 떠오를 정도였다. 그
따스함은 신성의 마음에까지 영향을 주고 있었다.

[김수정이 드래곤 나이트에 임명되었습니다.]

[드래곤의 업적 달성!]

*드래곤 레어의 레벨이 올랐습니다.

─새로운 드래곤 레어를 구매할 수 있습니다.

*천공의 도시 세이프리와의 연동으로 세이프리의 레벨이 올랐습니다.

─영토 확장 가능!

─새로운 도시 스킬 잠금 해제!

─마공학 기술 개발국 해제!

[드래곤 나이트 성별 보너스!]

드래곤 나이트의 성별이 이성으로 구성될 경우 주인은 추가적인 버프 효과를 받고 드래곤 나이트의 정신력이 상승하며 스킬 효율이 좋아진다.

[특전 보상]

드래곤 로드의 창고에 봉인되어 있는 존재들을 소환하는 마법진이 해금되었다. 마법진의 설치에는 막대한 마력 코인이 필요하다.

소환 후 고용 노동소에 등록해 일을 지시할 수 있다.

*고급 일꾼

*방어 영웅

*메이드

루나를 포함해 모든 드래곤 나이트의 자리를 채우니 많은 변화가 생겼다.

신성은 김수정을 바라보았다. 김수정의 몸에 깃든 드래곤의 마력이 그녀의 모습을 변하게 만들고 있었다.

휘이이이!

마력이 사라지고 김수정의 모습이 나타났다.

루나와 마찬가지로 그녀의 등 뒤에 드래곤의 날개가 달려 있고 날카로운 꼬리가 돋아나 있었다.

머리에 솟아난 뿔은 무척이나 아름다웠다. 그녀의 미모는 한층 더 아름다워져 에르소나와 비교해도 전혀 꿀리지 않을 정도가 되었다.

김수정은 변화된 자신의 모습에 크게 놀라며 신성을 바라보았다. 날개와 꼬리, 그리고 뿔은 마력으로 이루어져 있어 언제든지 사라지게 할 수 있었다. 드래곤 나이트의 능력을 쓰면 자동으로 나타나는 방식이었다.

연신 자신의 정보창을 확인하는 그녀의 모습에 신성은 피식 웃었다. 반쯤 넋이 나가 있는 모습이 상당히 귀여웠다.

"이게 용혈의 다크엘프 전용 스킬……."

[A]전투 의지(레전드)

전투가 지속될수록, 피로와 고통을 느낄수록 강해진다.

전투 상황이 길어질수록 모든 스텟이 상승하며 모든 정신적, 육체적 종류의 고통을 수치화시켜 자신에게 버프를 걸어준다. 고통의 크기에 따라 그 효과는 배가 된다. 일정 이상의 고통은 쾌감으로 승화되며 전투 의지를 끌어올려 줄 것이다.

공통적인 드래곤 나이트 스킬은 물론 그녀만이 가질 수 있는 전용 스킬이 생겼다.

전투를 즐기는 다크엘프다운 전용 스킬이었다.

신성은 그녀의 정보를 모두 볼 수 있었기에 그 스킬을 자세히 볼 수 있었다. 신성이 지닌 신성 마법과 꽤나 궁합이 좋았다.

'그럼……'

신성 역시 정보창을 바라보았다.

그녀를 드래곤 나이트로 임명했기 때문에 모든 능력치가 증가했고, 그녀의 종족 특기 하나를 랜덤으로 배울 수 있었다.

신성은 습득한 스킬을 살펴보았다.

[D+]어둠의 적응력(MAX)(에픽)

어둠 속에서 기본 능력이 상승한다. 은신 능력이 있었으나 드래곤의 힘에 의해 사라졌다. 드래곤은 결코 숨는 존재가 아니기 때문이다. 드래곤은 칠흑 같은 어둠 속에서 더욱 빛나는 존재이다. 태양을 대신할 유일한 존재이다.

어둠이 깔리게 되면 매력이 폭발적으로 상승한다. 그 매력은 모든 이성의 마음에 등불이 되어줄 것이다.

*어둠 속에서 기본 능력치 5% 상승

*어둠 속에서 매력 +140 상승

"……."

은신 능력이 없어진 것은 아쉬웠다.

드래곤의 힘으로 이상한 능력이 추가되기는 했으나 그래도 신의 목소리 같은 스킬보다는 훨씬 좋았다. 어둠 속이라는 전제 조건이 붙지만 5%는 생각보다 큰 차이였다.

*　　　　*　　　　*

김수정은 빠르게 자신의 변형된 몸에 적응했다. 감각이 예민해지고 민첩해졌기에 상당히 만족스러워하는 모습이다. 무엇보다 드래곤 나이트의 각성기는 그녀를 흥분시킬 만했다.

신성의 마력을 빌려 모든 능력을 크게 강화시키는 것이다. 영혼과 마력으로 이어져 있다는 사실은 그녀의 마음을 충족하게 만들어주었다.

루나의 경우와 달리 신성과 종속 계약을 했기 때문에 상하 관계가 명확해졌다. 신성은 자연스럽게 하대를 하게 되었다.

휘이이이.

텐트가 불어오는 바람에 흔들렸다. 김수정은 자리에서 일어나 밖을 바라보았다. 황금 갈기 낙타가 텐트 안에 머리를 들이밀더니 다시 머리로 밖을 가리켰다.

그릉!

"뽀삐?"

김수정이 지어준 이름이다. 네이밍 센스가 극악이었지만 뽀삐 자신이 좋아하니 참견하지는 않았다.

"마스터, 바람이 심해졌습니다. 자리를 옮기는 것이 좋을 것 같군요."

"그렇기는 한데… 마스터라는 말은 좀 그렇군. 그냥 이름으로 불러줘."

"죄송합니다만 자동적으로 나오는 말이라… 존함을 부르는 것은 제 마음이 부담스러워하고 있습니다. 음, 굳이 바꾸라 하시면 주인님 정도로 대체가 가능할 것 같습니다."

"……."

"주인님?"

"그건 더 아닌 것 같아."

"네, 마스터."

"음, 이 문제는 차차 생각해 보도록 하자."

상하 관계의 엄격함은 드래곤 나이트에게 확실히 적용되고 있었다. 그녀의 영혼 깊숙한 곳까지 영향을 미치고 있었다.

드래곤과 드래곤 나이트의 계약은 단순한 계약이 아닌 서로의 영혼을 나누는 계약이다. 때문에 드래곤 나이트의 주인도 무조건적인 자유를 지닌 것은 아니었다. 그녀가 신성을 따르는 만큼 신성 역시 그녀를 책임져야 할 의무가 있었다.

그것이 바로 계약의 무게였다.

휘이이이이!

날이 어두워져 가는 시점에 바람이 점점 심해지고 있었다. 황금색 가루를 따라가다 보니 자동적으로 모래 폭풍의 영향권에 들어온 모양이다.

"우회해서 돌아가도록 하자. 모래 폭풍에 휩싸였다가는 황금을 보기 전에 끝장날 테니."

"역시 현명하신 판단이십니다."

"…아부가 늘었군."

"저는 진실만을 말할 뿐입니다."

신성은 왠지 좀 더 피곤해질 것 같은 느낌이 들었다. 앞으로 골치 아픈 일이 벌어질 것 같은 예감이 들기도 했다. 드래곤의 직감은 생각보다 굉장한 정확도를 자랑했다.

김수정은 작게 한숨을 내쉬는 신성을 바라보며 웃었다. 그녀의 눈빛 속에는 신성을 향한 애정과 충성만이 가득했다.

그리고 신성이 몸을 일으킬 때였다.

휘이이익!

텐트를 뚫고 화살이 날아왔다. 김수정이 손을 뻗어 화살을 낚아챘다. 마력이 담겨 있는 화살은 단순한 위협용이 아니었다.

"몬스터의 화살은 아니군."

"습격이군요. 누군지 알 것 같습니다."

정교하게 잘 만들어진 화살이었다.

신성 역시 대충 누구인지 짐작이 되었다.

신성과 김수정은 텐트 밖으로 나갔다. 노을이 진하게 깔리기 시작하자 사막은 이제 황금빛이 아니라 붉은빛으로 변해가고 있었다.

주변에서 먼지구름이 일어나는 것이 보였다. 상당히 많은 숫자였다. 어림잡아도 스무 명이 넘어갔다.

신성과 김수정을 향해 화살이 일제히 쏟아져 내렸다.

팅팅!

김수정이 신성의 앞을 막아서며 단검으로 가볍게 화살을

튕겨냈다. 궁술의 랭크는 그다지 높지 않은지 위력적이지는 않았다. 단지 도망가는 것을 방해하는 목적이었다.

히이이이잉!

그들은 큰 뿔 낙타를 타고 있었다. 낙타를 말처럼 몰며 빠르게 다가왔다.

사막 한가운데에서 자신을 찾아낸 것을 보면 노골적으로 노리고 있던 것이 틀림없었다. 저 무리 속에 추적 기술을 익히고 있는 자가 있는 모양이다.

"스물둘, 적지 않는 숫자입니다."

"그래도 사막 오크 무리보다는 낫겠지."

이 뒤는 바로 사막 오크의 세력권이었다. 사막 오크의 주의를 끄느니 저놈들과 면담을 하는 편이 훨씬 나았다.

그들은 신성과 김수정 앞에 멈추었다. 장신구를 달고 있는 낙타 위에 있던 거대한 체구의 남자가 신성과 김수정을 내려다보았다.

"무슨 용무지?"

신성이 묻자 사내가 피식 웃었다.

명백한 비웃음이다. 사내의 오만한 표정은 그리 보기 좋지 않았다.

"가지고 있는 걸 다 내놓아라. 무기, 장비, 옷, 전부 다. 그럼 죽이지는 않으마."

사내의 말에 주변에 있던 부하들이 웃기 시작했다. 이런 사막 한가운데에서 장비와 방어구, 그리고 다른 모든 것을 가져간다는 말은 죽으라는 말과 같았다. 저들이 죽이지 않아도 몬스터들이 알아서 죽여줄 것이다.

"그냥 이곳에서 죽으라는 말이군."

"뭐, 반항하면 직접 죽여주겠지만, 그래도 조금이라도 살 수 있게 이걸 주도록 하지."

사내는 품에서 나이프 하나와 포션 하나를 꺼내 던졌다.

신성은 자신의 발밑에 떨어진 나이프와 포션을 바라보았다. 제법 허세가 있는 놈이었다. 오글거리면서도 아주 조금은 웃길 정도였다.

"이거 겁먹은 것 같은데?"

"쫄았나?"

"병신."

그들의 그런 모욕에도 신성은 별다른 반응을 보이지 않았다. 오히려 김수정이 살기를 띤 눈으로 바라보았다.

신성을 모욕하는 말에 김수정이 그들을 차가운 눈으로 노려보자 사내가 피식 웃으며 휘파람을 불었다. 김수정의 미모는 아르케디아인들 사이에서도 좀처럼 볼 수 없을 정도였으니 말이다.

신성은 천천히 그들을 주시했다.

24Lv

이름 : [살인귀]과량

종족 : 휴먼(비르딕 소속 남작)

소속 : 비르딕(잠김)

성향 : 실버, 중립(15%) 하락 중

*악행 : 살인 13회, 강간 17회, 약탈 20회

드래곤의 눈에 놈의 영혼이 어두워져 가는 것이 보였다. 저 것이 완전히 검어지는 순간 몬스터가 되어버릴 것이다.

드래곤의 눈의 랭크가 올라갈수록 꿰뚫어 볼 수 있는 것이 많아지고 있었다.

그는 비르딕의 남작이었다. 비르딕은 현재 등장하지 않아 잠겨 있었지만 스킬은 쓸 수 있을 것이다.

스무 명에 달하는 무리를 쉽게 이끌 수 있는 통제 스킬, 그 리고 그들에게 이로운 효과를 주는 버프 계열일 확률이 컸다.

'도적질하는 귀족이라…… 역시 보통 도적놈들은 아니야.'

그들이 타고 온 낙타에 매달려 있는 수많은 아이템이 보였 다. 마력 코인부터 시작하여 값비싼 물자까지 다양했다. 낙타 같은 탈것에도 인벤토리를 달아놓은 것을 보면 작정하고 도적 질을 하고 있는 것이 분명했다.

드래곤의 눈으로 보니 그들이 지닌 비싼 아이템들이 보였다. 생산계 아르케디아인들의 물자를 약탈해 온 것인지 값비싼 자원도 많았다.

　'무기, 방어구… 종류도 다양하네.'

　그들에게 어울리지 않는 무기와 방어구도 보였다. 저것들의 주인이 어떻게 되었을지는 상상이 되었다. 싹 벗겨서 사막에 버렸을 것이다. 직접 죽이는 것보다 성향 하락이 적을 테니 말이다.

　여자 아르케디안 같은 경우에는 죽음보다 더한 치욕을 받았을 것이다.

　"다크엘프, 네년부터 속옷 한 장 남기지 말고 다 벗어라."

　"벗어라!"

　"하하!"

　드래곤의 눈이 사내에게 꽂혔다. 무관심하던 신성의 눈동자는 어느새 차갑게 가라앉아 있었다. 황금빛 기류가 눈동자에서 흐르는 순간 사내가 몸을 움찔했다.

　신성은 스스로가 놀랄 정도로 분노가 치미는 것을 느꼈다. 욕설과 비웃음에서조차 무심하던 그의 가슴이 불길에 휩싸이는 것처럼 뜨거워졌다.

　"뭐, 뭐야?"

　"모, 몸이……!"

절로 웃음이 나왔다. 방금 전까지 그들이 하던 말이 그저 강아지나 고양이의 울음소리에 불가했다면 지금의 발언은 명확히 그의 귓가에 꽂혔다.

드래곤의 분노는 쉽게 일어나지 않는다. 그러나 한번 시작되면 결코 꺼뜨릴 수 없는 불길이 되었다.

'강간이라……'

게임에서는 강간 같은 행위는 절대 불가능했다. P.K는 가능했지만 그것도 어디까지나 게임의 요소에 불가했다. 그렇기에 아르케디아는 아름다웠다.

순수하게 경쟁하며 즐길 수 있었다.

신성은 현실 역시 그렇게 아름다워질 수 있으리라 생각했다. 게임이 지니고 있던 순수함이 긍정적으로 작용할 것이라 생각했다.

하지만 현실은 그의 예상과 달랐다.

저놈들이 망치고 있었다. 그가 지니고 있는 아름다운 추억을 훼손시키고 있었다.

"내려."

신성이 말하자 도적들이 몸을 움찔거렸다.

차가운 한기가 그들의 몸을 휘감았다. 그들은 왜 자신들이 겁을 먹고 있는 것인지 이해를 하지 못했다. 그나마 그런 반응을 보인 자들은 레벨이 조금은 높은 자들이었다.

레벨이 낮은 자들은 얼굴이 새파랗게 질리며 그 어떤 생각도 할 수 없었다.

반응이 빠른 것은 도적들이 아니었다.

그들이 타고 있는 낙타가 주춤거리더니 그대로 무릎을 꿇었다. 김수정의 뒤에 있던 황금 갈기 낙타 뽀삐가 눈을 부라리며 낙타들을 바라보자 낙타들은 그대로 머리를 모래 속에 처박으면서 움직이지 않았다.

이상하게 돌아가는 상황에 도적들의 수장 과량은 크게 당황했다. 온몸에서 느껴지는 압박감에 침을 꿀꺽 삼켰다. 고작한 남자에게 스무 명이 넘는 무리가 겁을 먹고 있는 상황이 도저히 이해가 되지 않았다.

과량은 전의를 올려주는 스킬을 쓰며 입을 떼었다.

"침착해라! 그, 그냥 마법사일 뿐이다! 허세일 뿐이라고!"

칼 모양의 빛 무리가 도적들에게 깃들었지만 여전히 겁먹은 표정이었다.

마석을 밝히는 사막의 태양이 지고 있었다. 붉던 사막이 어둠으로 물들어갔다. 그들 눈에 보이는 것은 신성의 황금빛 눈동자뿐이었다.

신성은 그 어떤 미남자도 따라올 수 없는 화려한 모습이었지만 그들은 제대로 바라볼 수 없었다. 오로지 공포만이 보일 뿐이었다.

그들 눈에 비치는 신성의 모습은 황금 눈동자를 지닌 악마였다.

스르릉!

신성의 검이 뽑혔다. 유니크 검은 화려하게 타오르며 그 존재감을 뿜어냈다. 드래곤 하트에서 마력이 뿜어져 나오는 순간이었다.

콰가가!

검에서 불길이 미친 듯이 뿜어져 나왔다. 세이프리 하급 검술 따위와는 비교도 되지 않는 모습이다. 드래고니안의 힘에 맞게 변형된 기술은 검사들의 전유물인 오러 소드를 가볍게 구현해 냈다.

드래곤 하트의 순수한 마력을 태우는 불꽃은 눈부시게 밝았다. 검이 과열되며 내구력이 서서히 깎일 정도였다.

"주, 죽여 버려! 공격해!"

과량의 외침에도 도적들이 주춤거리는 순간이다. 신성이 먼저 움직였다.

사냥이 시작된 것이다.

타앗!

모래가 터져 나가며 그 자리에서 사라지는가 싶더니 신성은 어느새 도적들 앞에 나타나 있었다.

도적이 당황하며 황급히 검을 드는 순간이다.

서걱!

방어 따위는 무의미했다. 신성이 검을 휘두르자 검이 잘려 나가며 그대로 도적의 육체가 두 동강 났다.

화르륵!

검이 그어진 선을 따라 육체가 양옆으로 갈라졌다. 불꽃이 치솟으며 육체를 단번에 집어삼켰다. 그 모습은 마치 지옥으로 떨어져 내리는 것 같았다.

"으, 으아아!"

옆에 있던 도적이 비명을 지르며 검을 휘두르기 시작했다. 베쉬, 관통 베기를 비롯한 기초 스킬이 신성에게 작렬했다.

팅! 티팅!

신성은 도적의 공격을 전혀 신경 쓰지 않았다. 도적의 공격 랭크로는 마력 스킨을 뚫을 수 없기 때문이다.

신성이 천천히 걸어가며 가볍게 검을 휘두르자 검을 들고 있는 도적의 팔이 공중에 휘날렸다.

화르륵!

팔은 땅바닥에 떨어지기도 전에 불길에 휩싸여 사라져 버렸다.

상처 부위가 타들어가며 도적을 고통스럽게 만들었다. 신성은 도적의 옆을 지나치며 놈을 바라보았다.

"크, 크악! 사, 살려……!"

퍼억!

도적의 얼굴을 검 손잡이 부분으로 후려치자 옆으로 튕겨져 나가며 모래에 파묻혔다.

"뭐, 뭐……."

과량은 순식간에 두 명의 부하가 당해 버리자 어찌할 바를 몰라 했다. 이런 상황은 예상 밖이었다. 분명 압도적으로 숫자가 많음에도 도저히 이길 것 같다는 생각이 들지 않았다.

"뭐 하는 거야! 고, 공격해! 공격하라고!"

공포에 질린 과량이 귀족 스킬을 마구 남발하자 도적들이 주춤거리다가 신성을 향해 떼를 지어 달려들었다.

평균 23레벨에 달하는 도적들은 분명 현 시점에서는 강력한 집단일 것이다. 아이템도 충분히 좋았고 스킬 역시 대인전에 효과적이도록 잘 투자했다. 일반적인 소규모 파티라면 순식간에 압살해 버릴 정도의 무력이었다.

그러나 그들의 눈앞에 있는 존재는 드래고니안이었다.

마력 스킨을 뚫을 수 있는 정도의 공격을 할 수 없다면 그들의 목숨은 이미 없는 것과 마찬가지였다.

"베쉬!"

도적이 신성에게 달려들어 모든 힘을 담아 베쉬를 썼다. 불길이 타오르고 있는 검을 휘둘러 베쉬를 상쇄시키고 그대로 도적의 가슴에 검을 꽂아 넣었다.

"끄아아악!"

비명이 터짐과 동시에 신성은 그대로 앞으로 달려 나가며 한 놈을 더 꽂아 넣었다. 검을 비틀며 휘두르자 두 놈의 육체가 터져 버리며 바닥에 떨어졌다.

신성은 전신이 흉기였다. 드래고니안의 전투 기술은 마력 스킨을 최대한으로 활용할 수 있게 만들어주었다.

퍼억! 쾅! 뿌득!

어깨로 부딪쳐 뼈를 박살 내고 검을 휘둘러 허리를 갈랐다. 날카롭게 세운 손이 놈들의 머리를 박살 냈고, 강력하게 차올린 발은 강화된 방어구를 아작 냈다.

근접전으로는 도저히 상대가 되지 않자 도적들이 주춤거리며 물러났다. 그러나 물러난다고 되는 일이 아니었다.

"다크 애로우."

퍼억!

어둠의 화살이 뻗어 나가며 덜덜 떨고 있는 한 도적의 가슴에 적중했다. 튕겨져 나가 바닥을 구르며 괴로운 듯 거친 호흡을 내뱉었다.

맹독이 도적의 몸에 파고든 것이다.

"크, 크어, 포, 포션을… 포션을 줘!"

간신히 인벤토리를 열어 포션을 마셨지만 안타깝게도 해독용 포션은 가지고 있지 않았다. 도적의 인벤토리에는 마력 코인과 값비싼 광물만이 가득했다. 돈 때문에 해독 포션을 버린 것이 화근이 되었다.

체력 포션을 계속해서 들이켜 체력을 회복했지만 또다시 상처가 터지고 온몸의 힘이 계속해서 빠져나갔다.

모두가 딜러인 도적은 대단한 무력을 지니고 있었다. 하지만 최상의 파티는 아니었다. 치료를 할 수 있는 이가 아무도 없었다.

그들은 아르케디아를 너무 얕봤다. 죽음을 너무 가볍게 여겼다.

"끄, 끄억!"

도적이 괴로운 듯 발버둥 치다가 그대로 축 늘어졌다. 퍼렇게 변한 얼굴이 녹아내리더니 그대로 탁한 빛깔의 영혼석이 되었다.

콰득!

신성이 영혼석을 밟자 그대로 터져 버리며 연기가 되어 사라졌다. 죽은 도적은 루나의 품으로 갈 수 없었다. 신성이 그걸 허락하지 않았다.

*   *   *

"으아아아!"

"미, 미친!"

도적들 중 일부가 도망치기 시작했다. 전력을 다해 필사적으로 뛰었다.

"멈춰! 멈추라고!"

과량이 그들을 통제하려 불러봤지만 통제 스킬이 먹히지 않았다. 명령을 무시할 정도로 그들은 극도의 공포에 빠져든 것이다.

도적들은 어둠이 깔리기 시작한 사막을 향해 도망친다면 저 악마의 손아귀에서 빠져나갈 수 있을 것이라 생각했다. 하지만 그들은 이곳에 있는 또 다른 존재를 잊고 있었다.

"커헉!"

"억!"

섬광이 번쩍이는가 싶더니 한 놈의 목이 떨어져 내렸고, 다른 한 놈은 다리가 잘려나가며 바닥에 쓰러졌다. 김수정은 바닥에 쓰러진 놈의 목을 베어버린 후 그대로 어둠 속에 파묻혀 사라졌다.

밤이 되어 더욱 강력해진 김수정의 은신 스킬은 공포에 휩싸인 도적들에게 치명적으로 작용하고 있었다.

과량 앞에 도착한 신성은 과량을 바라보았다. 과량이 덜덜 떨리는 손으로 양손검을 들어 올렸다. 주변에 있던 그의 부하들은 아무도 그를 도와주지 않았다.

"으, 으아아!"

과량의 양손검에서 빛이 터져 나오더니 신성의 머리를 향해 쏟아져 내렸다. 귀족 검술에 속한 스킬 중 하나였다.

턱!

신성이 손을 들어 잡았다. 과량은 힘을 주어 계속 스킬을 시전하려 했지만 양손검이 움직이지 않았다. 신성이 힘을 주어 당기자 과량의 균형이 무너지며 앞으로 고꾸라졌다.

꼴사납게 양손검을 놓친 과량이 바닥에 넘어진 채로 신성을 천천히 올려다보았다.

퍽!

과량의 머리를 발로 지그시 밟았다. 과량이 고통에 몸부림 쳤지만 그의 입에 모래가 잔뜩 들어가며 목소리가 나오지 않았다.

"우어, 으어어!"

몸부림을 쳐봤자 모래만을 씹을 뿐이다.

휘이이이이!

바람이 거세게 불기 시작했다.

신성은 냉정함을 되찾았다. 육체를 베고 부수는 쾌감은 아직도 그를 뜨겁게 달구고 있었다. 신성이 발을 치워주자 과량이 덜덜 떨면서 몸을 일으켰다.

"벗어. 하나도 남김없이 모두 다."

신성의 말에는 강력한 의지가 깃들어 있었다. 도적들은 덜덜 떨면서 무기를 떨구고 갑옷을 모두 벗기 시작했다.

살 수 있다는 희망에 그들의 행동은 빨랐다. 과량도 눈치를 살피다가 갑옷을 허겁지겁 벗기 시작했다. 과량을 포함한 도적 모두가 속옷까지 모두 벗어 벌거숭이가 되었다.

은신을 풀고 나타난 김수정이 그들의 인벤토리와 연결된 가방을 모두 가져가 뽀삐에게 연결했다. 뽀삐는 순식간에 여러 개의 인벤토리를 단 화물 운송용 낙타가 되어버렸다. 여러 가지 단서가 그 안에 있을 것이다.

김수정이 과량을 내려다보았다. 김수정의 비웃음에 과량이 몸을 떨었다.

구르릉?

"구릉!"

도적들이 덜덜 떨며 목숨을 구걸하려는 순간이다.

바닥에 누워 있던 낙타들이 일제히 고개를 들고 몸을 일으켰다. 뽀삐도 고개를 들어 하늘을 바라보았다.

히이이잉!

히잉!

겁에 질린 낙타들이 마구 날뛰다가 오아시스 쪽으로 달려가기 시작했다. 뽀삐가 낙타들을 멈추게 하려고 했지만 뽀삐 역시 몸을 흠칫하며 떨었다.

사방에서 날아오는 모래가 신성의 몸을 때렸다. 바람이 심상치 않았다.

콰가가가강!

사막을 울리는 굉음이 울려 퍼졌다. 천지를 가를 듯한 거대한 소리였다. 신성은 고개를 돌려 소리가 들려온 방향을 바라보았다.

저 멀리서 벼락을 동반한 거대한 모래 폭풍이 뻗어오고 있었다. 보통 일상적으로 발생하는 모래 폭풍이 아니었다.

게임에서의 대형 이벤트를 떠올리게 만들 정도로 그 규모가 엄청나게 컸다.

"마스터, 토템이……!"

휘이이익! 펑!

신성이 모래 폭풍에 시선을 빼앗긴 순간 오아시스 쪽에서 밝은 빛이 터져 나왔다.

하늘을 가르며 치솟은 빛은 마치 폭죽놀이를 보는 것처럼 화려하게 터졌다. 낙타들이 오아시스로 돌진하다가 사막 오크의 토템을 건드려 박살 낸 것이다.

이것은 명백한 사막 오크에 대한 선전포고였다.

뿌우우우우!

사방에서 뿔피리가 울려 퍼졌다. 사막 오크들이 집결하는 소리였다.

"마스터."

"당장 벗어나자."

"예! 뽀삐! 이리 와!"

뽀삐가 김수정의 말에 바로 달려왔다.

샤샤샤샥!

스르륵!

모래 위를 미끄러지는 소리가 파도처럼 들려왔다.

"으, 으아악!"

"저, 전갈이다!"

"미친! 사, 살려줘! 아아악!"

모래 폭풍을 피해 전갈들이 떼를 지어 달려오고 있었다. 어떠한 장비도 없는 도적들은 전갈과 모래 폭풍을 결코 피할 수 없었다.

과랑이 신성에게 달려와 무릎을 꿇었다.

"사, 살려줘! 살려주세요! 유, 유적지가 어디 있는지 압니다! 아, 안내해 드릴게요! 제, 제가 이야기하면 배당을 받을 수 있을 거예요! 제, 제 몫도 드릴게요! 가, 같은 휴먼끼리……."

과랑이 눈물까지 흘리며 빌기 시작했다.

처음 보았을 때의 당당함은 찾아볼 수 없었다. 신성은 과랑을 바라보다가 마력 포션 하나와 요리용 과도를 꺼내 놈의 앞에 던졌다.

"수고해."

[처형 보너스! 용서는 없다. 자연이 그들을 심판할 것이다.]
판정 C+
보상 : 행운 +100(1시간)

정보창을 확인할 틈도 없었다.

그 말을 남긴 신성이 뽀삐 위에 올라탄 순간 뽀삐가 빠르게
앞으로 달려 나가기 시작했다.

과량은 허망한 눈빛으로 자신 앞에 떨어져 있는 과도를 바
라보았다.

사사사사사사삭!

사사사삭!

모래 폭풍 소리와 함께 전갈이 사막을 기어 다니는 소리가
울려 퍼졌다.

"끄아악!"

"커헉!"

뒤를 바라보니 그의 부하들이 전갈에 의해 잡아먹히고 있
었다. 단번에 잡아먹는 것이 아니었다. 천천히 하나씩 모래 밑
으로 끌고 내려갔다.

전갈들은 아주 천천히 피를 빨아 먹으며 최대한 오랫동안

식사를 즐길 것이다. 피가 모두 빨리고 육체가 씹히는 그 순간까지 도적들은 결코 죽을 수 없었다.

그것은 많은 아르케디아인들을 전갈 먹이로 준 과량이 잘 아는 사실이다.

과량은 과도를 들었다.

"오, 오지 마!"

전갈이 그 말을 들을 리 없었다. 거대한 전갈의 몸이 과량의 앞에 나타났다.

"끄아아악!"

거대한 집게가 과량의 몸을 물더니 순식간에 그의 몸이 모래 속으로 사라졌다. 모래 속에서 비명이 울려 퍼졌지만 그 누구도 들을 수 없었다.

                    *   *   *

김수정이 낙타를 몰고 신성이 뒤에 앉았다. 뽀삐는 최대한의 속도로 달려 나가고 있었다.

"마스터, 이리로 가면 사막 오크의 세력권입니다!"

"어쩔 수 없어! 그대로 달려!"

모래 폭풍이 이렇게 빨리 나타날 줄은 예측하지 못한 신성이다. 마석 안은 게임과 같았지만 그 환경은 게임보다 변화무

쌍했다. 몬스터의 움직임 역시 자유로웠다.

전갈들이 세력권을 벗어나 나타난 것을 보면 잘 알 수 있었
다.

"이건 너무 큰 이벤트인 것 같습니다!"

"대형 이벤트지. 우리는 그 속에서 제대로 즐기고 있는 거
고."

"흥분되는 상황이군요."

신성과 김수정은 피식 웃었다.

모래 폭풍은 그 범위가 대단히 넓었다.

그 속도 역시 엄청나게 빨랐다. 신성은 상상 이상의 위력에
기가 질릴 지경이었다.

'좋지 않군.'

신성의 눈에 오아시스를 순식간에 잡아먹어 버리는 광경이
들어왔다. 미처 회수하지 못한 텐트가 그대로 모래가 되며 사
라졌다.

[B+]사막의 모래 폭풍

불규칙적으로 나타나는 사막의 재앙.

마석의 마력이 뭉쳐 탄생했다. 이 끔찍한 재앙이 지나간 자
리에는 아무것도 남지 않는다. 모든 에너지를 빨아들이며 어떠
한 대상이든 모래로 만들어 버리는 특성을 지녔다.

사막의 모래 폭풍은 생명을 탐하며 생명체가 많이 몰려 있는 곳으로 향한다. 어떤 경우에라도 피하는 것이 좋다.

　　그야말로 짜릿한 모험을 선사해 줄 대형 이벤트였다. 그것이 현실이라는 것이 문제이기는 했지만 말이다.

　　거대한 해일처럼 몰려오는 모래 폭풍은 한눈에 담을 수 없을 정도로 거대했다.

　　브레스로 어떻게 해볼까 하던 생각이 어리석게 느껴졌다. 일반적인 폭풍 정도라면 어떻게 해보겠지만 이건 아니었다.

　　모래가 휘날리며 시야가 흐려지기 시작했다.

　　"마스터! 앞에 사막 오크들이 보입니다!"

　　"달려! 계속 달려! 절대 멈추면 안 돼!"

　　김수정은 신성의 말에 뒤를 돌아보았다가 표정이 굳어졌다.

　　"뽀삐! 달려!"

　　구르르릉!

　　뽀삐도 기겁하며 달리고 있었다. 바람 소리가 점점 거세졌다. 귀가 웅웅거려 주변 소리가 잘 들리지 않았다. 겁에 질린 뽀삐가 혀를 내밀며 미친 듯이 달려 나갈 때였다.

　　사막 오크의 무리가 먼지를 일으키며 달려오고 있었다. 그들의 움직임은 상당히 빨랐는데 전갈 위에 올라타서 전갈을 조종하고 있었다.

사막 오크의 체구는 휴먼족을 넘어설 정도로 컸다. 사막의 특색에 맞게 회색 빛깔의 피부를 지니고 있고 송곳니가 삐쭉 튀어나와 있었다. 수많은 사막 오크들이 전갈을 타고 몰려오는 광경은 대단히 위압감이 넘쳤다.

그러나 신성의 뒤를 따라오는 모래 폭풍에 비하면 아무것도 아니었다.

휘이이이잉! 콰앙!

모래 폭풍 속에서 뭉쳐진 모래가 아주 단단하고 커다란 돌덩어리가 되어 비처럼 내리기 시작했다.

뽀삐의 옆에 꽂히는 순간 모래 기둥이 치솟으며 주변이 흔들렸다.

"최대한 피하면서 달려! 그것에만 집중해!"

"알겠습니다!"

사막 오크들은 그런 지옥 같은 상황 속에서도 아랑곳하지 않고 신성과 김수정을 향해 달려들었다. 기다란 창을 찔러오는 모습은 상당히 위협적이었다.

몇몇은 떨어져 내리는 돌덩어리에 박살 나고 몇몇은 모래 폭풍에 휘말렸지만 사막 오크들은 망설이지 않았다.

자신들의 영역에 들어온 적을 반드시 죽이겠다는 의지로 가득 차 있었다.

"옆에……!"

"속도를 유지해!"

전갈의 집게가 뽀삐를 물으려 했다. 신성은 뽀삐의 등에서 뛰어내리며 전갈의 집게를 발로 찼다. 공중에서 회전하고는 그대로 전갈 위에 올라탔다.

전갈과 연결된 고삐를 잡고 있던 사막 오크가 창을 휘둘렀지만 신성은 그대로 팔을 휘둘러 사막 오크를 뒤로 날려 버렸다.

통제가 되지 않는 전갈이 그 자리에서 마구 돌기 시작했다. 신성은 망설이지 않고 앞을 향해 뛰었다. 줄지어 달려드는 전갈 위를 징검다리처럼 밟으며 빠르게 검을 휘둘렀다. 오러 소드가 터져 나가며 전갈 위에 있던 사막 오크들이 사방으로 튕겨 나갔다.

휘이이이잉!

신성의 바로 위에 전갈보다 커다란 돌덩어리가 운석처럼 떨어져 내렸다. 신성은 빠르게 전갈을 박차며 정면을 향해 뛰었다.

뽀삐를 찌르려는 독침을 아슬아슬하게 붙잡아 던졌다. 전갈은 긴 포물선을 그리며 사막 오크의 머리 위로 떨어졌다.

"쿠엑!"

신성은 사막 오크 위에서 사막 오크가 잡고 있는 고삐를 들었다. 사막 전갈이 몇 번 휘청거리며 거부하자 신성은 그대로 마력을 담아 전갈을 향해 주먹을 내려쳤다. 그제야 잠잠해지더니 신성의 말을 듣기 시작했다.

신성이 고삐를 당기자 거대한 집게가 휘둘러지며 다가오는 사막 오크를 후려쳤다. 바닥을 구르던 사막 오크는 바로 뒤까지 다가온 모래 폭풍에 그대로 휩쓸려 버렸다.

"나이스 샷입니다!"

김수정의 외침이 들려왔다. 아슬아슬하게 오크들의 공격과 돌덩어리들을 피하고 있었지만 그녀는 미소 짓고 있었다. 이스릴 넘치는 상황이 그녀를 흥분시키고 있는 것이다. 역시 그녀는 다크엘프였다.

'모래 폭풍의 속도가 너무 빨라!'

두드드드!

신성의 눈에 모래가 하늘 위로 치솟는 것이 보였다. 모래 폭풍은 마치 진공청소기처럼 모든 것을 빨아들이고 있었다. 달려드는 사막 오크 때문에 뽀삐의 속도가 제대로 나지 않고 있었다.

"비켜!"

신성이 마력을 담아 검을 휘두르자 오러 소드가 방출되며 정면의 전갈을 갈라 버렸다.

케에에엑!

신성이 타고 있던 전갈이 오크의 창에 찔려 버렸다. 전갈은 힘이 빠지는지 비틀거리다가 뒤처지기 시작했다.

불나방처럼 달려드는 오크들이 너무 많았다. 확실히 길을 뚫을 수단이 필요했다.

'제대로 쓰는 것은 처음이지만……!'

두근두근!

신성의 드래곤 하트가 두근거렸다. 마력이 한순간에 터져 나가며 신성의 몸을 휘감았다.

"쿠오오오오!"

신성의 입에서 천둥소리와 같은 드래곤 하울링이 뿜어져 나왔다.

공격하려던 오크들의 몸이 일제히 굳어버렸다.

드래곤 하울링이 오크들의 모든 행동을 멈추게 만들었다.

온몸에 검은 비늘이 갑옷처럼 덮이며 마력의 폭풍이 몰아쳤다. 등 뒤로 거대한 날개가 펼쳐지는 순간 신성의 몸이 빠르게 하늘 위로 날아올랐다.

신성은 모래 폭풍을 등지며 하늘 위에 섰다.

드래곤의 형상을 띤 투구의 입 부분이 크게 벌어졌다. 그 순간 신성의 몸보다 두 배는 큰 마법진이 떠오르며 사악한 용의 문양이 새겨졌다.

때가 되었다.

충만하게 차오른 호흡을 내쉬었다.

콰가가가가!

마법진이 깨져 버리며 거대한 어둠의 파도가 정면을 휩쓸었다. 신성은 앞으로 날아가며 사막 오크들을 향해 긴 브레스를 뿜어냈다. 반룡화 현신은 브레스의 위력을 압도적으로 바꿔주었다. 그뿐만이 아니었다. 마력이 빠른 속도로 회복되었고 피로감이 전혀 느껴지지 않았다.

신성의 주위에 무수한 마법진이 새겨지는 순간,

파파파파팟!

어둠의 화살이 쏟아져 내리며 사막 오크에게 작렬했다.

계속해서 마법을 퍼붓자 전신을 휘감던 비늘 갑옷이 부서지기 시작했다.

"크……!"

한쪽 날개가 부서지며 신성의 몸이 빠르게 밑으로 떨어져 내렸다.

"점프해!"

김수정의 말에 뽀삐가 빠르게 치고 달리며 앞으로 점프했다. 김수정이 떨어져 내리는 신성을 향해 손을 뻗었다. 김수정의 손이 닿지 않을 거리였다. 신성은 빠르게 검집을 잡고 김수정을 향해 뻗었다.

착!

아슬아슬하게 신성의 검집을 잡을 수 있었다.

신성은 뽀삐의 등에 올라탔다.

"멋졌습니다!"

"두 번 했다가는 죽겠군."

신성은 호흡을 몰아쉬었다. 반룡화 현신은 상당히 몸에 무리가 가는 각성기였다.

그러나 그만큼 강력했다. 정면을 막던 사막 오크의 무리는 이제 더 이상 존재하지 않았다. 브레스에 휘말려 버린 사막 오크의 숫자는 대단히 많았다.

"오크들이 물러납니다!"

김수정의 말대로 주변에 있던 사막 오크들도 빠르게 물러나기 시작했다.

자살 특공대를 보는 것 같던 사막 오크답지 않은 태도였다. 사막 오크 중 하나가 유난히 큰 붉은 전갈을 이끌고 다가오기 시작했다.

뽀삐와 나란히 달리기 시작하더니 큰 손을 들어 어딘가를 가리켰다. 사막 오크의 태도는 정중했다. 방금 전 그 미친 듯이 공격하던 모습은 사라지고 없었다.

27Lv

[티]사막 오크 대장(중간 보스)

감정 상태 : 공포, 우호(100%)

드래곤의 눈으로 바라본 사막 오크는 이상하게도 우호적이었다. 단순히 공포에 때문에 그런 것 같지는 않았다.

　"마스터, 따라오라는 것 같습니다! 어떻게 할까요?"

　"따라가자! 일단 모래 폭풍을 피해야 해!"

　사막 오크는 모래 폭풍을 피할 곳을 알고 있는 눈치였다. 김수정은 불안한 표정을 지으면서도 신성의 말을 따랐다. 사막 오크 대장의 뒤를 쫓아 사막을 가로질렀다.

CHAPTER 2

드래곤과 오크

사막 오크는 이 지독한 사막에서 완벽하게 적응한 몬스터였다. 사막의 모래 폭풍도 그들에게 있어서는 일상과 마찬가지일 것이다. 사막 오크 대장이 조종하는 붉은 전갈을 따라 달리자 사막 위에 떠 있는 포탈석이 보였다.

  '사막 오크의 주둔지와 연결되어 있는 포탈석이군.'

  신성은 어떻게 사막 오크들이 오아시스 근처로 그토록 빠르게 왔는지 이해가 되었다. 포탈석을 설치할 정도면 생각보다 오크 주둔지의 규모가 대단히 큰 것 같았다.

  모래 폭풍이 바로 뒤에까지 다가왔다. 뽀삐의 몸이 흔들리고 신성과 김수정의 몸이 조금씩 들썩거리며 공중으로 떠올랐다.

신성과 김수정은 뒤를 바라보았다가 말을 잃었다. 코앞까지 다가온 모래 폭풍이 거대한 진공청소기가 되어 모래를 모조리 빨아들이고 있었다. 빨아들인 모래는 하늘 위로 치솟아 거대한 섬이 되었다.

"섬이… 떠 있군요."

"아……!"

신성은 빠르게 포탈석과 지금의 위치를 파악했다. 사막 오크 대장은 이미 포탈석 안으로 진입하고 있었고, 자신들이 그 뒤를 따르고 있었다. 이대로 가다가는 포탈석에 들어가기 전에 저 모래 폭풍에 빨려들어 갈기갈기 찢어질 것 같았다.

구르르릉!

뽀삐가 젖 먹던 힘까지 다해 달리고 있지만 한계에 도달한 것 같았다. 신성은 바닥을 향해 빠르게 손을 뻗었다. 포탈석과의 거리를 가늠하고는 마력을 끌어올렸다.

반룡화 현신의 후유증 때문에 마법진이 만들어지는 속도가 현저히 느렸다. 마력 역시 아직은 차오르는 중이었다. 마력 스킨도 제대로 유지할 수 없을 정도로 몸 상태가 좋지 않았다.

간신히 마법진이 완성되었다.

"꽉 잡아!"

"네?"

구릉?

그들의 반응을 신경 쓸 시간이 없었다.

"다크 웨이브!"

신성이 시동어를 외치는 순간 어두운 기류를 머금은 충격파가 뿜어져 나갔다. 뽀삐의 발밑에서 비스듬하게 터져 버리는 충격파 덕분에 뽀삐의 몸이 앞을 향해 크게 떠올랐다.

그르러러!

"으윽!"

"꽉 잡아!"

앞으로 튕겨져 나간 뽀삐가 그대로 공중에서 한 바퀴 돌기 시작했다. 주위의 풍경이 반전되었다. 신성과 김수정은 뽀삐에게 매달린 채로 그렇게 앞으로 쭈욱 나아갔다.

모래 폭풍이 그들을 덮치기 직전,

휘이이이잉!

아슬아슬하게 포탈석에 닿을 수 있었다. 신성과 김수정, 그리고 뽀삐의 모습이 사라지자마자 모래 폭풍이 포탈석을 박살 내며 지나갔다.

"으, 으⋯⋯."

그릉!

김수정이 신성의 몸에 엉켜 있고 뽀삐는 바닥에 얼굴을 처박은 채 신음을 흘리고 있었다. 신성의 몸 위에 겹쳐 있는 김수정이 신성을 바라보았다.

"어떻게든 살아남은 것 같습니다. 이렇게 될 것이라 예상하셨습니까?"

"아니, 좀 더 편한 여행일 것이라 생각했지."

"그렇군요."

신성은 작게 웃음을 내뱉는 김수정을 바라보다가 자리에서 일어났다.

"이곳은……."

"사막 오크의 마을이군요."

그들이 도착한 곳은 거대한 협곡이었다. 하늘을 닿을 듯 뻗어 있는 벽 안에는 사막 오크들의 집이 있었다. 벽을 굴처럼 파놓고 생활하는 것이다. 거대한 협곡에 마을이 가려져 있으니 모래 폭풍이 불어와도 별다른 영향이 없을 것 같았다.

신성과 김수정의 곁으로 사막 오크들이 다가오기 시작했다. 얼핏 봐도 수천은 되어 보이는 오크들이 다가오는 광경은 위기감을 느끼게 하기에 충분했다. 김수정이 단검을 잡으려 했지만 신성이 그녀의 어깨에 손을 올리며 고개를 저었다.

'평균 26Lv.'

지금 사막에 있는 아르케디아인들과 전쟁을 일으켜도 전혀 밀리지 않을 규모였다. 이 정도 규모의 오크 무리가 있다는 것은 예상 밖이었다. 게임에서도 결코 이 정도는 아니었다.

신성은 사막 오크들을 바라보았다. 사막 오크 중에 유난히 큰 체격을 지닌 여러 오크들이 보였다. 붉은 전갈을 타고 있던 사막 오크 대장들이 여럿 있는 것이다.

"우라!!"

"우라!"

오크 대장들이 그렇게 외치며 무릎을 꿇자 몰려온 수천의 사막 오크들이 무릎을 꿇었다. 신성과 김수정은 갑작스러운 상황에 잠시 말을 잃었다.

"아는 사이셨습니까?"

"그럴 리가."

아는 사이는커녕 방금 백을 넘는 숫자를 브레스로 녹여 버린 신성이다. 그랬기에 지금 신성의 레벨은 33이었다. 스킬 포인트 역시 1,000P에 달해 있었다.

아는 사이였다면 공격받을 일도 없었고 공격할 일도 없었을 것이다.

[최초로 사막 오크 마을을 발견하였습니다!]
보상 : 경험치×5,000EXP

그런 창도 떠올랐지만 일단 신성은 창을 닫고 사막 오크들을 주시했다. 오크들 사이에서 누군가 걸어나왔다. 로브를 두르고 있는 오크였는데 다른 오크에 비해 체격은 작았지만 레벨은 제일 높았다.

30Lv
[E]사막 오크 족장(보스)
사막 오크 무리를 이끌고 있는 족장. 강력한 소환 마법을 구사한다고 알려져 있다. 사막의 포식가라 불리는 있는 그레이트 웜과 계약을 맺어 그레이트 웜을 소환할 수 있다.

마석의 수호자가 아닌 숨겨진 보스였다.

오크 족장은 커다란 기세를 지니고 있었다. 오크들을 이끄는 수장다운 모습이었다.

오크 족장은 신성의 앞으로 다가와 정중히 인사한 후에 그를 바라보았다.

"위대한 존재시여! 드디어 강림하셨나이까! 흐흐흑!"

"우라! 우라!"

"우라!!"

오크 족장이 울먹이며 말하자 모든 사막 오크들이 크게 외쳤다. 대단한 박력감에 김수정이 한 발자국 물러났다.

일단 오크 족장과는 말이 통하는 것 같았다. 아르케디아 온라인에서 높은 AI를 갖춘 몬스터들을 상당히 많이 보았기에 별로 신기한 일은 아니었다.

그 지하철의 고블린 주술사도 어색하기는 했지만 말을 했으니 말이다.

"위대한 존재는 드래곤을 말하는 건가?"

"감히 입에 올리기 두려우나… 세상의 종말과 새로운 시작을 가져다주실 용신이십니다."

"용신이라 하면……."

용신은 신성이 천 번이 넘는 도전 끝에 간신히 잡은 최종 보스였다. 그를 드래고니안으로 만드는 것에 결정적인 역할을 했다.

"나는 드래곤이 아니야."

"저희에게 지혜와 힘을 준 그분의 마력을 어떻게 잊을 수 있겠습니까?"

그렇게 말하며 오크 족장은 신성을 다른 곳으로 안내했다. 오크 족장과 신성이 이동하자 사막 오크들은 모두 자리에서 일어나 사라졌다.

오크 족장이 신성을 데려간 곳은 협곡의 중심이었다. 협곡에 중심에서는 거대한 마력이 휘몰아치고 있었는데 중심에 커다란 오아시스가 있었다.

"멋진 곳이군요."

김수정의 말대로 환상적인 풍경이었다.

보통 생각하는 그런 오아시스가 아니었다. 긴 물줄기가 계속해서 하늘로 치솟고 있었고, 그것이 비가 되어 사방으로 떨어져 내렸다. 오아시스 주변에는 풀과 꽃, 그리고 과일 나무가 빼곡하게 들어서 있었다.

사막이라고는 생각되지 않는 광경이었다.

신성의 눈을 끌어당긴 것은 오아시스나 그 주변의 환상적인 풍경이 아니었다. 오아시스 중앙에 있는 커다란 뿔이었다. 그 뿔에서 친숙한 마력이 느껴졌다.

자신과 그 기원은 같지만 성질이 다른 그런 마력이었다. 그것은 신성만이 구별할 수 있는 미묘한 차이였기에 오크 족장은 알아차리지 못한 것으로 보였다.

신성은 무언가 알 수 없는 운명 같은 것을 느꼈다. 말로 표현할 수 없지만 강력한 이끌림을 받고 있었다.

"마스터."

김수정의 모습이 드래곤 나이트로 변해 있다. 뿔과 날개, 그리고 꼬리가 형성되어 있고 그녀가 입고 있는 갑옷에 아름다운 보석과도 같은 비늘이 부분적으로 돋아나 있었다.

오크 족장은 그 모습을 보며 두 손을 하늘 위로 치켜들고 감격한 듯 눈물을 흘렸다.

"뒤로 물러나 있어."

"알겠습니다."

저 뿔의 영향인 것 같았다.

신성은 뿔을 향해 천천히 다가갔다. 신성이 다가가자 오아시스 밑에서 돌들이 치솟아 오르며 발판이 되어주었다. 신성이 발판을 밟을 때마다 물결이 흔들리며 물줄기가 치솟았다. 김수정은 그런 신성의 모습을 팔찌로 촬영하기 바빴다.

신성이 뿔로 다가갈수록 주변이 어두워지기 시작했다. 물줄기의 소리가 작아지고 주변의 기척이 사라졌다. 오로지 자신만이 이 공간에 있는 것처럼 느껴졌다.

'기분 나쁜 감각이야.'

마음 깊은 곳에서부터 거부감이 들었다. 그의 심장은 이 어둠을 반기고 있었지만 더 깊숙한 곳에 있는 무언가는 거부하고 있었다.

신성은 자신의 손을 바라보았다. 하얗던 손이 비늘로 이루어진 갑주에 둘러싸여 있었다. 신성은 지금이 반룡화 현신 상태임을 깨달았다. 김수정처럼 뿔에서 뿜어져 나오는 마력에 자동적으로 반응한 것 같았다.

신성의 눈앞에 거대한 뿔이 보였다.

[SS+]봉인된 뿔

다른 정보는 보이지 않았다. 신성은 천천히 뿔을 향해 손을 뻗었다. 신성의 손과 뿔이 닿는 순간이었다. 어둠 속에서 웅크리고 있는 거대한 무언가가 보였다. 그 육체는 거대하다 못해 웅장하게 느껴질 정도였다.

'용신······.'

그 끔찍한 존재는 지금 아주 깊이 잠들어 있었다.

신성은 이 뿔이 지금 용신의 힘을 강하게 만들어주고 잠에서 깨어날 수 있게 도와주고 있음을 깨달았다. 아르케디아 온라인처럼 결국에는 봉인이 풀리겠지만 이 뿔이 그 속도를 가속시키고 있는 것이다.

신성과 용신.

그 둘만이 지금 아르케디아 온라인과 다른 존재였다.

[숨겨진 고대의 비밀을 발견하셨습니다.]

[드래곤의 힘으로 봉인된 뿔의 마력을 흡수할 수 있습니다.]

[새로운 마력을 집어넣으면 봉인이 더 강해질 것입니다.]

용신의 부활을 늦추는 것이 우선이었다.

신성은 용신이 기존 아르케디아 온라인과는 다르다는 것을 직감했다. 준비되지 않은 상태에서 용신이 깨어난다면 레이드 시도조차 해보지 못하고 자신을 포함해 모든 아르케디아인은 사라질 것이다.

신성은 드디어 이 모든 것이 피부에 와 닿았다. 천 번이 넘는 죽음 후에 자신의 모든 것을 퍼부어 용신을 타도했지만 현실에서는 그럴 수 없을 것이다.

부활석이 없는 곳에서 죽으면 그걸로 끝이니 말이다.

그 수많은 마법을 패턴으로 계산해 피할 수 있는 것도 아니었고, 용신이 정면에서 싸워줄 것이란 보장도 없었다.

'일단······.'

신성의 드래곤 하트가 마력을 흡수하기 시작했다. 드래곤 하트를 채우고도 남을 마력이 계속해서 쏟아져 내렸다.

[드래곤 하트의 랭크가 상승하였습니다.]
*[E] → [D-]

[반룡화 현신의 랭크가 상승하였습니다.]
*[E] → [E+]
*유지 시간과 능력 상승의 폭이 상승합니다.

드래곤 하트의 용량이 크게 확장되고 반룡화 현신의 랭크가 올랐다. 예전에 비해 체격도 커지고 뿔의 크기도 더욱 늘어난 것이 느껴졌다. 모든 마력을 흡수하자 검은색이던 뿔은 회색으로 변해 있었다.

거대한 뿔이 천천히 오아시스의 밑으로 가라앉기 시작했다. 그러며 어둡던 공간 역시 사라지고 정상적으로 주변 풍경이 보이기 시작했다.

"오오! 보아라! 신께서 우리에게 오셨도다! 우리에게 응답하셨도다!"

"우라!"

"우라!"

어느새 다시 몰려온 사막 오크들이 환호성을 내질렀다.

신성이 오아시스 밖으로 나오자 뿔이 완전히 오아시스의 밑바닥으로 가라앉았고 반룡화 현신이 자동적으로 풀렸다. 자신의 마력으로 현신한 것이 아니었기 때문에 몸에 부담감은 없었다.

궁금해하는 김수정을 향해 신성이 입을 떼려는 순간이다.

[새로운 종교가 탄생하였습니다.]
[종교의 탄생으로 신성을 획득하였습니다.]

[E-]탐욕의 교단
사막 오크들 사이에서 발생한 종교.
신성을 신으로 모시며 신성의 방침에 따라 행동하는 종교 단체. 마석의 수호자와 적대 관계에 있는 몬스터들에게 전파될 가능성이 크다.

　*종교가 커질수록 용신의 세력이 약해집니다.

　*종교가 커질수록 획득한 신성의 힘이 커집니다.

　*드래곤의 특성에 따라 모이는 신앙심은 마력 코인으로 바뀌게 될 것입니다.

　현재 신앙심 : 20KC/월(사막 오크 부족)

　[F+]신성한 탐욕(신성)

　신의 위치를 나타낸다. 신성이 높을수록 종교의 영향력이 커지며 신성력이 증가하는 것이 정상이겠지만 드래곤의 힘으로 신성력은 마력 코인으로 대체되었다.

　돈은 드래곤을 움직이게 하는 필수 요소이다.

　"신이셨습니까?"

　신성은 김수정의 진지한 물음에 대답할 수 없었다.

　신성은 몬스터들 사이에 종교를 탄생시킨 최초의 아르케디아인이 되었다.

　"계시가 내려졌도다! 우리의 믿음은 탐욕! 탐욕은 곧 마력 코인일 것이니……!"

　"오오오! 탐욕, 좋다! 마력 코인, 좋다!"

"바친다! 마력 코인!"

사막 오크 족장은 어디선가 들고 온 책에 빠르게 무언가를 써내려 갔다. 훗날 탐욕의 바이블이라 불리는 몬스터 최고의 성서가 탄생하는 순간이었다.

＊　　　＊　　　＊

신성은 사막 오크들의 극진한 대접을 받았다. 이곳이 메인 퀘스트가 발생하는 마석인지 아니면 휴양지인지 구별이 안 될 정도였다.

오아시스 근처에 돌로 만든 의자에 앉아 오크들이 건네주는 과일이나 주스, 그리고 사막 전갈꼬치를 먹으면서 떨어진 체력을 회복했다. 당분간 반룡화 현신은 무리였지만 부작용은 거의 다 사라진 상태였다.

신성은 쉬면서 레벨 업 포인트를 투자하고 스킬 랭크를 올렸다. 드래고니안의 전투 기술을 E+ 랭크로 만들고 어둠의 용언 마법에 투자해 역시 E+ 랭크를 만들었다.

남는 포인트는 드래고니안 스킬에 균등하게 투자했다.

"맛있다! 과일! 준다!"

"아, 고마워."

"고맙다! 내가! 더!"

사막 오크 대장이 커다란 과일 하나를 잘라줬다.

[T]거대한 사막 사과
사막의 오아시스 근처에서만 자라는 사과. 피부 미용에 좋다
고 알려져 있다. 여성들이 무척이나 선호하는 과일이다.
*[T]피부 미용

사과는 수박처럼 컸는데 무척이나 달았다. 그리고 마치 얼
음을 먹는 것처럼 시원했다.
'이걸 재배할 수 있다면……'
많은 여성 아르케디아인들이 바라는 과일이다.
오아시스를 얼음 호수로 대체한다면 가능할 것도 같았다.
신성은 사막 오크 대장에게 씨앗을 받아서 인벤토리에 넣었
다.
방금 전의 심각하던 상황이 거짓이 된 것 같았다.
8월인 지금 마석 밖은 여름이었고, 이곳도 더운 사막이었
다. 차가운 오아시스 앞에 앉아서 과일을 먹으니 휴가를 온
것 같은 기분이 들었다.
"정말 좋군요. 여름휴가로 딱입니다."
김수정은 오아시스에서 수영을 하다가 나왔다.
더위가 가시는 듯 상쾌한 표정이다. 오아시스에는 체력 회

복 효과가 붙어 있어 몸을 담그는 것만으로도 피로가 풀렸다.

오크들은 신성이 마력을 흡수한 그 뿔에서부터 지혜를 전수받은 모양이다. 때문에 주술사들의 숫자도 상당히 많았고 기본적으로 무기를 만들거나 고칠 수 있는 시설을 지니고 있었다. 사막에 설치해 놓은 토템이나 포탈석도 그것에 포함될 것이다.

"족장."

"하명하시옵소서, 신이시여!"

신성이 오크 족장을 부르자 대기하고 있던 족장이 달려와 무릎을 꿇었다. 오크 족장은 신성의 초상화를 그리고 있었는데 오크들에게 조각상을 만들 것을 명령하고 있었다. 오크 족장의 어깨에는 신성을 뜻하는 용 모양의 마크가 새겨져 있었다. 오크 족장뿐만 아니라 모든 사막 오크들 역시 마찬가지였다.

신성을 믿게 되면 생기는 표식이었다.

신성은 마석에 대해 물었다.

드래곤의 눈으로 본 이 오픈 필드는 마석의 힘으로만 탄생했다고 보기에는 무리가 있었다.

족장은 신성의 질문에 차근차근 모두 답해주었다.

족장이 알려준 것은 아르케디아 온라인의 설정에 나와 있지 않은 것들이었다.

오픈 필드는 마석의 수호자가 마석의 힘으로 다른 곳에서 빌려온 공간이었다. 그랬기 때문에 비활성 마석과는 달리 자원이나 몬스터들이 초기화나 리젠이 되지 않는 것이었다.

이 빌려온 공간에서 마석의 수호자가 일정량 이상의 몬스터를 생성하게 되면 그 힘을 바탕으로 지구로 통하는 마석을 열 수 있었다.

이 빌려온 공간을 중간 다리로 삼고 있는 것이다.

마석의 수호자가 내보낼 수 있는 몬스터는 축적한 힘의 크기에 따라 정해졌는데 이번에 마석의 수호자를 못 잡으면 다음에 서울로 쏟아지는 몬스터는 완전히 다른 모습일 것이다.

아르케디아 온라인 설정에서 마석은 마족이 보낸 것이었다. 그들의 목적은 중간계에 해당하는 아르케디아를 침식시켜 마계와 똑같이 만들고 천계로 향하는 것이었다.

어떻게 마족들이 마석이라는 힘을 손에 넣었는지는 아르케디아 온라인의 설정에도 나와 있지 않았다. 일단 가장 명확한 것은 봉인되어 있는 마족 카르벤이 풀려나면서 본격적인 마족들의 침공이 시작된다는 점이다.

오크 족장은 마석을 없앤다면 이 빌려온 공간은 원래 있던 곳으로 돌아갈 것을 예측하고 있었다.

'유저들이 자원 고갈과 희귀 몬스터 부족 현상 때문에 항의를 많이 하곤 했지.'

아르케디아 온라인에서는 그 점 때문에 많은 유저들이 개발사에 항의하곤 했다. 대형 길드들이 독점해서 자원을 고갈시키면 다른 이들은 손도 대지 못하니 불만이 있을 수밖에 없었다. 그러나 개발사에서는 '건전한 경쟁을 위한 방침입니다'라는 매크로식 답변만을 보내왔다.

'게임이었을 때부터 무언가 이어져 있었나?'

전혀 알 수 없는 부분이다. 신성은 그저 막연하게 용신과 관련되어 있다고 추측할 뿐이었다.

지금은 어떤 것도 알 수 없었다.

'지금 내가 할 수 있는 일은 용신에게 대항할 힘을 기르는 것뿐이겠지.'

그렇게 생각하자 복잡한 생각이 사라졌다.

아무튼 마석이 만들어낸 몬스터 외에 그 공간에 살던 사막 오크처럼 같이 전이 되어 온 몬스터도 많다고 한다. 사막 오크는 전멸할 뻔했지만 그 뿔의 도움으로 지금과 같은 세력을 만들 수 있었던 것이다.

신성은 한가롭게 오아시스에서 물을 마시고 있는 뽀삐를 불렀다. 뽀삐가 지닌 인벤토리를 열어보자 무수히 많은 아이템이 보였다.

황금색 가루에서 자원을 채취하기 위한 도구들과 채취한 자원들, 그리고 여러 아르케디아인들의 무기, 방어구였다.

'이건······.'

네모난 모양의 보석 하나가 나왔다.

[F+]통신석

아르케 넷이 불가능한 지역에서 사용하는 문자 통신용 보석. 서로 같은 종류의 마력이 담긴 통신석을 들고 있다면 멀리 떨어진 곳에서도 어느 정도 연락이 가능하다.

*마력을 이용해 문자 송신, 수신 가능

통신석 중앙에는 마력으로 새겨진 글씨가 쓰여 있었다. 그것을 누르자 저장되어 있는 송수신 내역이 나왔다.

─유적지의 위치를 찾음. 다가올 가능성이 있는 자들을 제거할 것. 큰 규모일 경우 보고할 것.

─세인드 길드의 후송 물자 파악 완료. 주둔지에 진입할 것이라 예상. 약탈 후 운송할 것.

─제거한 증거를 가지고 올 것. 영혼석 하나당 1KC 수당을 지급하겠음.

그밖에 체계적으로 지시가 내려오고 있었다. 신성이 예상한 대로 대형 길드가 도적들을 움직이고 있던 것이다. 별로 놀라울 것이 없는 사실이었지만 실제로 확인하니 기분이 무척이나 더러워졌다.

신성은 마지막 가방을 뒤져보았다. 마지막 가방에서는 여러 영혼석이 나왔다. 도적들은 이걸 살아남은 자가 없다는 증거품으로 제공하고 마력 코인을 받을 생각이었던 것이다.

신성은 영혼석을 루나의 곁으로 보내주고 싶었다. 아이템을 획득한 신성이 할 수 있는 최소한의 예의였다.

루나의 곁이라면 안식을 취할 수 있을 것이다.

신성력을 끌어올리며 영혼석에 불어넣자 영혼석에서 빛이 뿜어져 나왔다.

[영혼들이 루나의 품으로 돌아갔습니다.]
[영혼들이 축복을 걸어주었습니다.]
*행운 +120(4일)

영혼석이 부서지며 사라졌다. 신성을 통해 루나의 품으로 간 것을 확인할 때였다.

휘이이이!

신성의 주위로 빛무리가 나타났다. 그것은 신성의 몸에서부터 뿜어져 나온 것이었는데 작은 형상이 되어 주변에 떠다녔다.

브레스에 죽은 사막 오크들이었다.

"오! 형제들이여!"

오크 족장이 감탄하며 그렇게 말하자 주변에 있던 오크들도 크게 소리쳤다.

[여신 루나의 도움으로 탐욕의 신, 신성의 힘이 발동하였습니다.]
[신전 건설이 가능합니다.]
*죽은 사막 오크들은 신전에서 안식을 취할 것입니다.

오아시스 앞에 정보창이 떠올랐다. 그것은 신성만이 볼 수 있는지 아무도 눈치채지 못했다. 신성은 연결이라 쓰여 있는 버튼을 눌렀다.

[탐욕의 교단이 드래곤 레어와 연결되었습니다.]
*계시에는 신앙심(마력 코인)이 필요합니다.
*탐욕의 오아시스, 드래곤 레어와 같은 성역, 또는 금역에서 신도들에게 계시를 내릴 수 있습니다. 성역이 아닐 경우 신앙심(마력 코인)이 추가적으로 소비됩니다.

[C]탐욕의 오아시스가 성역으로 지정되었습니다.
*탐욕의 오아시스는 신앙심(마력 코인)을 1.2배 증가시킵니다.

탐욕의 교단은 신성의 종교를 말하는 것이었다. 신성은 자신도 모르는 사이에 어느새 탐욕의 신이 되어 있었다. 조금 억울한 부분도 있었지만 이제는 조금 자포자기하고 있었다. 드래곤은 그런 존재였다.

신성은 창을 살펴보았다.

[T]탐욕의 교단
교주 : [사막 오크 족장]라딘
신도 수 : 5,667명(사막 오크)
성향 : 탐욕, 중립(-)

[T]탐욕의 하급 신전(건설 가능)
돌을 쌓아서 만든 신전.
이곳에서 죽은 신도들이 평온한 영면에 들어가게 된다.
신전의 제단에 무언가 바치게 되면 드래곤 레어의 창고로 자동 이동되고 계시를 내려 제물의 종류를 지시할 수 있다.
*신앙심(마력 코인)의 획득량 1.2배 상승한다.
*전도 가능성이 상승한다.
*다른 몬스터가 이 신전을 방문하여 개종할 수 있다.
계시 비용 : 신앙심(10KC)
직접 지시할 시에는 무료

신전 외에 여러 가지 종교 관련 시설물도 만들 수 있었다. 신성의 동상부터 시작하여 도서관이나 기도실 등 다양했다.

신성은 일단 탐욕의 하급 신전의 건설을 지시했다. 직접 지시를 내리면 신앙심이 들지 않으니 망설일 것도 없었다.

"오오! 탐욕의 신께서 죽은 동료들을 위해 신전 건설을 지시하셨도다!"

"우라!"

오크 족장이 그렇게 외치자 주변에 있던 사막 오크들이 환호성을 내질렀다. 그러더니 바로 작업을 하기 위해 이동하기 시작했다. 협곡에서 돌을 채취해 신전을 만들 것이다.

[신전 건설을 시작하여 신앙의 힘이 사막 오크를 축복합니다.]
[사막 오크 부족이 탐욕의 사막 오크 부족으로 승급하였습니다.]
*탐욕의 사막 오크들의 모든 스텟이 20 증가합니다.
*신전이 완성되면 성전사, 신관이 탄생할 수 있습니다.

신전 하나를 짓도록 지시한 것일 뿐인데 너무나 많은 것이 변하고 있었다.

아마 아르케디아인들이 사막 오크를 감정하게 되면 탐욕의 사막 오크라는 정보를 확인할 수 있을 것이다. 그리고 사막 오크의 세력권이 있는 사막의 명칭 역시 탐욕으로 물든 사막으로 변해 있었다.

이것은 신성의 세력권과 마찬가지였다.

"순식간에 무언가가 자꾸 발생하는군요."

김수정이 우르르 몰려 나가는 사막 오크들의 뒷모습을 보며 말했다.

족장은 아직 신성의 곁에 남아 있는데 오크답지 않게 초롱초롱한 눈으로 신성을 바라보고 있었다.

신성은 기왕 하는 거 제대로 하는 것이 좋을 것 같아 신전 건설이 끝나면 도서관이나 기도실 등을 만들라고 말했다. 기도실은 필수였다. 기도를 하면 마력 코인이 드래곤 레어로 전송되니 말이다.

오크 족장은 신성의 말을 모두 책에 받아 적었다.

살짝 보니 온갖 찬양하는 말로 적혀 있어 부담스럽기 그지없었다.

신성은 슬슬 유적지를 향해 움직일 때라 생각했다.

"이제 유적지로 출발해야겠어."

"조금 아쉽군요."

"휴가는 다음에 즐기도록 하지. 황금에 파묻혀서 말이야."

"좋은 생각이십니다. 황금을 탈탈 털도록 하지요."

김수정도 드래곤의 영향을 받아 조금은 변한 것 같았다. 신성은 그녀의 말에 피식 웃고는 오크 족장을 바라보았다.

오크 족장에게 유적지에 대해 묻기 위해서였다.

"족장, 황금이 나오는 유적지에 대해 알고 있나?"

"알고 있사옵니다. 탐욕의 신이시여, 그곳은 포식의 거미가 잠들어 있는 유적지이옵니다."

"포식의 거미?"

아르케디아 온라인에는 없던 설정이다.

"예, 본래는 사원이었으나 포식의 거미가 점령하자 푸른 오크 부족이 포식의 거미를 봉인하고 포식의 거미가 제일 싫어하는 마력이 담긴 황금으로 봉인하였사옵니다."

"마석은 공간 자체를 빌려온 것이니… 포식의 거미 역시 존재하고 있겠군."

"아마도 그럴 것이옵니다. 황금을 다 가져가서도 포식의 거미가 잠에서 깰 일은 없을 것이옵니다. 푸른 오크 부족이 멸종을 각오하면서까지 만든 봉인진이니 일부러 봉인진을 깨지 않는 이상 문제가 없을 것이옵니다."

신성은 족장의 말에 고개를 끄덕였다. 유적에 대한 이야기를 듣는 것은 이번이 처음이다.

게임과 현실 사이에 있던 빈 공간이 메워지는 것 같았다.

"명하시면 오크 대장들이 안내해 드릴 것이옵니다. 미천

한 늙은이가 모시고 싶사오나 이곳을 떠나면 안 되는 입장이라……."

"괜찮다. 길잡이는 한 명으로 족해. 부탁하지."

"황송하옵니다."

오크 족장은 신성의 말에 감동하며 고개를 조아렸다. 오크 족장이 손짓하자 거대한 덩치를 지닌 오크가 다가왔다. 거대한 양손 도끼가 무척이나 잘 어울리는 사막 오크 대장이었다.

"저희 부족에서 제일 용맹한 가르딘 대장이옵니다. 가르딘, 황금 유적지까지 길을 안내해 드리거라!"

"가르딘, 안내한다. 길."

가르딘이 자신의 가슴을 커다란 주먹으로 치면서 말했다. 가르딘은 2미터가 넘어가는 키뿐만 아니라 체격 또한 상당히 좋았다. 대단히 위협적인 모습이었지만 신성의 눈에는 왠지 귀여워 보였다.

[탐욕의 사막 오크 가르딘이 파티에 합류하였습니다.]
*파티원
[탐욕의 신]이신성
[신성의 팬]김수정
[양손 도끼]가르딘

3인 파티가 형성되었다.

사막 오크들과의 이별은 빨랐다.

"신이시여! 부디 저희를 기억하시옵소서!"

"우라! 우라!"

오크 족장과 모든 오크가 신성을 협곡 밖까지 배웅했다. 뽀삐를 타고 협곡 밖으로 나오자 가르딘이 붉은 전갈을 이끌고 다가왔다.

뽀삐가 붉은 전갈의 집게를 핥았다가 독침에 쏘일 뻔했다.

"그럼 안내해 줘, 가르딘."

신성의 말에 가르딘이 고개를 숙이고 붉은 전갈을 몰고 앞서갔다.

"역시 스릴이 넘치는 모험입니다. 게임보다 재미있군요."

"그렇긴 하네."

김수정의 말에 신성은 피식 웃고는 뽀삐를 툭툭 쳤다. 그러자 뽀삐가 전속력으로 가르딘을 따라가기 시작했다.

CHAPTER 3

황금 유적지

가르딘의 안내에 따라가는 길은 무척이나 평온했다. 이 사막에 대해 모두 알고 있었기 때문에 위험이 될 만한 요소는 나타나지 않았다. 전갈 무리도 가르딘이 타고 있는 붉은 전갈을 보고 도망치니 방해받는 일이 없었다.

사막의 밤은 무척이나 어두웠다. 그리고 초라했다. 달이 있기는 하지만 루나가 느껴지지 않았다. 그녀의 빈자리가 크게 다가왔다.

루나가 나타난 이후부터 밤은 무척이나 달콤하고 포근하게 다가왔다. 지친 하루를 달래주는 어머니 같은 따뜻함을 지녔다. 그것은 신성뿐만 아니라 아르케디아인, 그리고 지구인도 공통적으로 느끼고 있을 것이다.

불면증이 사라지고 범죄율이 낮아졌다는 연구 결과는 연일 화제가 되고 있었다.

'황금 가루가 많아졌어.'

황금 가루가 별처럼 빛나고 있었다. 바람에 날리며 파도처럼 넘실거렸다. 황금 가루가 많아져 김수정의 눈에도 보이는지 김수정이 하늘을 올려다보며 감탄했다.

"아름답군요. 비싸 보이는 광경입니다."

"확실히 그렇긴 하지."

김수정은 신성의 등에 기댄 채 하늘을 바라보았다. 위험만이 가득한 사막이었지만 이런 낭만도 존재했다. 뽀삐도 기분이 좋은지 작은 소리를 내뱉으며 흥겹게 걸음을 옮겼다.

"보인다! 유적지!"

가르딘이 손으로 유적지가 있는 방향을 가리키며 외쳤다. 탐욕의 사막 오크 주둔지와 유적지는 꽤나 가까운 편이었다.

유적지의 전체적인 모양은 피라미드처럼 생겼지만 훨씬 복잡해 보였고 동상 같은 것도 많았다. 사막 오크들과는 조금 다른 모습의 동상이었는데 피라미드를 지키듯이 배치되어 있었다.

"마스터."

"응, 보고 있어. 가르딘, 멈춰."

"알았다!"

신성은 뽀삐에서 내리며 모래가 만든 거대한 언덕 위로 올라갔다. 김수정과 가르딘이 그의 뒤를 따랐다. 조금 높은 위치에서 보니 유적지와 그 주변이 눈에 확 들어왔다.

그 유적지로 다가가는 무리가 보였다. 수백이 넘어가는 대규모였는데 오크는 아니었다. 좋은 갑옷과 무기를 갖춘 아르케디아인이었다.

"저 길드 마크는… 레드 소드입니다. 중간에 수호자 길드의 엘프들이 있군요."

"수호자 길드는 도적들과 관계가 있을 것 같지 않은데."

"그런 것 같습니다. 길드 마스터인 에르소나가 동의할 리 없으니까요."

에르소나는 아르케디아인을 최대한 보호하고 있었다. 휴먼족과는 거리를 두고 있지만 그래도 그들을 무시하거나 불이익을 주지는 않았다. 그녀는 진실의 눈을 지녔기에 휴먼족과 거리를 두면서 협력 관계를 유지하는 것을 택한 것이 분명했다.

'마음을 들여다볼 수 있다는 건… 좋은 일만은 아니지.'

드래곤의 눈으로도 그 사람의 성향과 생각이 보였다.

신성은 앞으로 에르소나보다 훨씬 더 많은 것을 보아야 할 것이다.

"에르소나 쪽은 보스 존으로 갔겠군. 대형 길드끼리 임무 분담을 했겠지. 황금은 나눠 가질 생각인 것 같은데 레드 소드가 곱게 줄 것 같지는 않아."

"다른 길드의 후송 물자를 끊어버린 것도 무언가 사전 작업을 하고 있기 때문일 것 같습니다."

"확실히 좋은 상황은 아니야."

유적지에서 황금을 확보한 후 보스 존을 공략하고 있는 에르소나 쪽에 합류하는 것이 대략적으로 예측되는 계획이다. 그러나 레드 소드가 곱게 합류할 것 같지는 않았다.

레드 소드들은 길을 막고 있는 오크의 동상을 박살 내며 유적지로 접근했다. 그것을 본 가르딘이 양손 도끼를 잡으며 몸을 일으켰다.

"적! 죽인다!"

"진정하십시오."

김수정의 말에 양손 도끼는 내려놓았지만 분이 풀리지 않는 모습이다.

"가르딘, 유적지 안의 길도 알고 있나?"

"안다! 길! 비밀 길! 모른다! 깊숙한 곳!"

유적지에서 황금으로 향하는 비밀 길은 알고 있었으나 깊숙한 곳까지는 모른다는 말이다. 비밀 길을 알고 있다면 상황은 신성 쪽이 훨씬 유리했다.

"저들이 유적지의 퍼즐이나 함정을 지나려면 시간이 걸릴 것 같으니 그 틈에 진입해서……."

콰아아앙!

신성의 말을 끊는 강렬한 폭발음이 들렸다. 불이 번쩍한 곳을 보니 화염과 함께 연기가 치솟고 있었다. 김수정과 가르딘도 놀란 눈으로 유적지를 바라보았다.

"퍼즐을 부수고 있군요."

"…저건 반칙인데."

게임에서는 오브젝트들이 파괴되지 않았지만 현실은 달랐다. 레드 소드는 그것을 알고 마력 폭탄을 준비한 듯 보였다. 머리를 써야 하는 퍼즐이나 함정 따위는 그냥 폭파시켜 버리고 황금까지 빠르게 가겠다는 생각인 것이다.

김수정은 눈썹을 찡그렸다.

"모험을 즐길 자격이 없는 자들이군요."

김수정의 말대로 이미 순수한 경쟁은 사라지고 없었다. 수단과 방법을 가리지 않고 황금을 쟁탈하기 위한 전쟁만이 남아 있었다. 저들은 유적지가 박살 나든 말든 신경조차 쓰지 않을 것이다.

"빨리 움직이자. 가르딘, 안내해!"

"알았다!"

폭발음이 계속해서 들리는 유적지를 우회했다. 수백의 아르케디아인을 상대하는 것보다 비밀 길을 이용하여 먼저 황금에 도착하는 것이 훨씬 좋은 선택일 것이다.

유적지를 돌아 완전히 반대편까지 이르렀다. 가까이에서 본 유적지는 굉장히 웅장했다. 유적지를 감싸고 있는 벽은 성벽을 보는 것 같았고 조각상들은 금방이라도 살아 움직일 것 같았다.

"여기서 기다려."

구르르릉!

뽀삐를 놔두고 신성과 가르딘은 벽을 타기 시작했다. 튀어나온 벽돌을 잡고 빠르게 벽을 타며 위에 올라섰다. 김수정 역시 벽을 탔는데 날개를 펼치는 것보다 그것이 편한 것 같았다.

"저곳, 지름길."

거대한 벽이 보였다. 그곳에 여러 가지 보석이 붙어 있었는데 멀리서도 보일 정도로 밝은 빛을 내고 있었다.

벽 밑으로 미끄러지듯이 내려와 보석이 있는 곳으로 다가갔다.

"이거, 누른다. 열린다!"

가르딘이 붉은색 보석을 망설임 없이 눌렀다. 그러자 붉은색 보석이 안으로 쑤욱 들어가더니 유적 전체가 흔들리기 시작했다. 그러더니 무언가 굴러가는 소리, 터져 나가는 소리가 동시에 울려 퍼졌다.

"으아아아!"

"아악!"

저 멀리서 비명이 들려왔다. 유적지 앞에서 들리는 비명은 분명 레드 소드들의 것이었다.

콰아아앙!

무언가 큰 것이 떨어져 내리는 소리와 함께 큰 진동이 느껴졌다.

잠시 침묵이 내려앉았다.

"……."

"……."

신성과 김수정이 가르딘을 바라보았다. 가르딘은 붉은 보석을 누른 자신의 손가락을 바라보다가 은근슬쩍 손을 내렸다. 그러더니 뒷머리를 긁적이며 입을 떼었다.

"가르딘, 까먹었다."

"…이게 문인 것은 확실한 거지?"

"맞다!"

신성의 물음에 가르딘은 자신을 믿으라는 듯 가슴을 치며 말했다.

'음…….'

신성은 드래곤의 눈으로 보석을 바라보았다. 보석과 보석

사이에 연결된 마력이 보였다.

맨 위에 있는 푸른 보석과 맨 아래에 있는 노란 보석이 서로 마력으로 연결되어야 하는 방식이었다.

어떤 특별한 퀘스트를 통해야만 갈 수 있는 길일 것이다. 무언가 힌트가 있어서 그것으로 풀어야 하는 것이었지만 신성은 그럴 필요가 없었다. 망설임 없이 첫 번째 보석을 누르자 가르딘과 김수정이 몸을 움찔했다.

그러나 아무 일도 일어나지 않았다.

"조, 조금 천천히 누르시는 게……."

"위험! 폭발한다!"

신성은 피식 웃고는 망설임 없이 보석을 눌러갔다. 보석을 누를 때마다 김수정과 가르딘이 움찔거렸다.

신성은 빠르게 손을 움직였다.

마지막 보석을 누르는 순간 커다란 벽의 중앙이 갈라지며 열리기 시작했다. 가르딘과 김수정이 감탄한 눈으로 신성을 바라보았다.

김수정과 가르딘이 먼저 안으로 들어갔다. 신성이 들어오지 않고 문을 바라보고 있자 김수정이 신성을 바라보았다.

신성은 주먹을 쥐며 마력을 끌어올렸다. 그리고 문을 향해 내지르자 문에서 균열이 생기며 박살 났다.

후드득!

신성은 바닥에 떨어진 빛나는 보석들을 주워 들었다.

"챙겨 가자."

"탐욕! 마력 코인! 좋다!"

"역시 탐욕의 신이십니다."

티끌 모아 태산이다.

신성은 별것 아니라는 듯 어깨를 으쓱하며 보석들을 인벤토리에 넣었다. 어쨌든 아름다운 빛을 발산하니 그럭저럭 좋은 값에 팔아넘길 수 있을 것으로 보였다.

유적지 안으로 들어가자 팔찌에 정보창이 떠올랐다.

[비밀이 가득한 길을 발견하셨습니다.]

[고대의 유적지에 진입하셨습니다.]

모험 보상 : LEVEL UP!

모두 레벨이 하나씩 올랐다. 이 유적지에 들어온 다른 자들도 모두 레벨이 올랐을 것이다.

유적지 안은 어두웠다. 가르딘이 횃불을 꺼내 불을 붙였다.

길게 이어진 복도는 끝이 없을 것 같이 보였다. 어느 정도 나아가자 가르딘은 이제 길을 모른다고 말했다.

콰아아앙!

주변이 흔들리며 먼지가 내려앉았다. 레드 소드들이 터뜨린 폭탄이 유적지를 무너뜨리고 있었다.

진동에 의해 바닥이 흔들렸다. 유적지는 굉장히 낡아 금방이라도 무너져 버릴 것 같았다. 애초부터 굉장히 강한 바람이 불어오는데 이 정도까지 버틴 것이 신기할 뿐이다.

앞으로 얼마를 걸어가자 길이 등장했다. 길은 하나가 아니었다.

"전형적인 세 갈래의 길이 나왔습니다."

이런 전형적인 갈림길은 꼭 빠지지 않고 등장했다.

'함정이 가득하겠지.'

바닥을 바라보니 커다란 거미가 그려져 있다. 그 거미의 다리가 세 군데 모두를 향하고 있었다. 좋은 느낌은 아니었다. 드래곤의 눈으로 보니 세 곳 모두에서 마력의 흐름이 보였다.

"한 곳만 정답이고 나머지는 함정이라 생각하니 두근거리는군요. 힌트를 찾아볼까요?"

"직진, 직진!"

신성은 김수정과 가르딘의 말에 고개를 저었다.

"세 곳 모두 아니야."

신성은 바닥에 쌓인 먼지를 발로 밀어냈다. 거미의 모습이 뚜렷하게 보였다. 그 위에 굳어 있는 피가 보였는데 굉장히 오랜 세월이 지난 것 같았다.

거미를 중심으로 흐르는 마력이 발견되었다. 마력을 따라 시선을 옮기니 튀어나와 있는 벽돌이 보였다. 마법으로 가려져 있었지만 신성의 눈을 피해갈 순 없었다.

드득!

벽돌을 눌러보았다. 그러자 위에서 석판 하나가 내려오기 시작했다. 석판에는 머리에 뿔이 나 있는 남자가 손을 뻗고 있는 그림이 있었는데 손이 있는 자리에 동그랗게 홈이 파여 있었다.

함정이 아닌 제대로 된 길로 가는 단서가 확실해 보였다.

"음, 마력 코인과 딱 맞는 크기인 것 같습니다."

김수정이 확신에 찬 표정으로 말했다. 신성 역시 같은 생각이다. 가르딘은 지루한지 하품을 하고 있었다.

"이 유적을 만든 자는 아무래도 재물이 필요했던 모양입니다. 통행료를 걷는 걸 보면 말이지요."

"그런가?"

그런 것도 같아 신성은 고개를 끄덕였다. 성의를 보이면 길을 비켜주는 패턴은 아르케디아 온라인에서도 자주 나오던 흐름이다.

"100C 정도면 될까?"

신성이 마력 코인을 꺼내 홈에 가져다 대어보자 크기가 딱 맞았다. 마력 코인에 새겨진 문양도 정확히 맞아떨어져 마력 코인 이외의 것은 도저히 생각할 수 없었다.

드래곤의 눈으로 바라보니 마력 코인과 어떤 상호작용을 하는 것으로 파악되었다. 워낙 낡아 여기저기 지워져 있어 자세하게 파악할 수는 없었다.

신성이 홈에 마력 코인을 꽂아 넣었다. 곧 문이 열릴 것이라 예상했지만 예상과는 다르게 그림 속 남자의 눈이 붉은색으로 빛날 뿐이다.

"이거 좋은 느낌은 아닌……."

휘이이!

신성의 말이 끝나기도 전에 통로 쪽에서 화살들이 날아왔다. 김수정은 화살을 단검으로 튕겨냈고, 가르딘은 양손 도끼를 들어 올려 막았다.

"아무래도 성의가 부족한 것 같습니다!"

"마력 코인! 더 많이!"

화살 세례가 계속되었다.

신성은 인상을 구기며 1KC를 넣었다. 이 정도라면 만족할 것 같았기 때문이다. 그러나 그림 속 남자의 눈은 더욱 강력한 붉은 빛을 뿜어냈다.

만족하기는커녕 더 화를 내는 것 같았다.

두드드드!

신성의 눈에 입구로부터 이어진 통로가 무너져 내리는 것이 보였다. 고개를 돌려 옆을 바라보니 세 갈래의 길에서도 굉장한 진동이 느껴졌다.

"내 뒤로 와! 이렇게 된 이상 정면 돌파로 간다!"

어떠한 함정이 있더라도 마력 스킨으로 막으면 버틸 수 있다고 생각했다. 유적지의 함정이 아무리 랭크가 높아봤자 마력 스킨의 방어 랭크를 넘어설 수 없을 것이라 예상했기 때문이다.

아직까지 반룡화 현신의 여파가 남아 있어 브레스는 쓸 수 없었지만 다른 스킬은 충분히 쓸 수 있었다.

"뭔가… 잘못된 것 같습니다."

"꿀꺽!"

김수정과 가르딘이 그대로 굳어버렸다.

드래곤의 직감에 강렬한 위험이 감지되었다. 신성의 얼굴에 건조한 사막과는 어울리지 않는 것이 닿았다. 바로 물방울이었다.

"아……."

신성은 잠시 말을 잃을 수밖에 없었다. 세 갈래의 통로에서 쏟아져 내리기 시작한 것은 칼날이나 화살 같은 함정이 아니었다.

바로 물이었다. 거센 물살이 통로를 가득 메우며 달려들고 있었다.

들어온 긴 통로는 이미 무너져 나갈 길은 없었다.

정면을 가득 채우며 다가온 물을 바라보다가 신성과 김수정, 그리고 가르딘은 동시에 호흡을 크게 들이마셨다.

콰가가가가!

신성은 재빨리 벽에 손을 꽂아 넣었다. 김수정은 신성의 허리를 잡았고 가르딘은 신성의 발을 잡았다.

파앗!

바닥에 구멍이 뚫려 버리며 물이 그리로 급속도로 빨려들어 갔다. 더욱 거세진 물살에 신성의 몸이 마구 흔들렸다.

"으으읍! 구르륵!"

"으읍! 구륵!"

김수정과 가르딘이 뭐라 말했지만 알아들을 수 없었다.

마력 스킨이 공기를 제공해 줄 리가 없었다. 폐활량이 일반인에 비할 바가 아니었지만 물살이 워낙 거세 호흡이 벌써부터 가빠왔다.

신성은 폭발적인 근력을 이용해 버텼다. 그러며 붉은 눈빛을 아직도 내뿜고 있는 그림 속 남자를 바라보았다.

'저 빌어먹을 자식이……!'

마력 코인을 날름 먹어치우고 이런 함정을 선사해 준 저 자식을 당장에라도 죽여 버리고 싶었다.

*   *   *

신성은 당장에라도 박살 내고 싶은 그림을 살펴보았다.

머리에 뿔이 달린 종족은 그리 많지 않았다. 특히 저 간사해 보이는 얼굴이라면 더더욱 그랬다.

머리를 스치는 것이 있었다. 바로 던전이나 마석 안에서 쓸 수 있는 어둠의 마력 코인이다.

'저놈이 마족이라면⋯⋯!'

이곳이 마계와 관련이 있다면 어둠의 마력 코인으로 아군을 구별했을 가능성이 컸다. 신성은 인벤토리를 간신히 열어 어둠의 마력 코인을 손에 쥐었다.

그르륵!

벽이 낡아 부서지며 신성의 몸이 미끄러졌다. 신성은 어둠의 마력 코인을 입에 물고 벽에 손을 쑤셔 넣으며 그림으로 다가갔다.

저것이 그림이 아니었다면 열 번도 더 죽여 버렸을 것이다.

김수정과 가르딘의 몸이 거센 물살에 마구 흔들렸다. 신성은 자신의 허리를 붙잡은 김수정의 힘이 조금씩 빠져나가는 것을 느꼈다. 가르딘은 물을 많이 먹었는지 반쯤 정신이 나간 상태였다.

신성은 물살을 거스르며 그림 앞까지 도착했다. 그 순간 세 갈래 길이 모두 터지는 것이 보였다. 이런 함정에서 자주 등장하는 거대한 돌덩어리가 통로를 부수며 굴러오고 있었다.

"으으읍!"

"으읍! 구륵!"

김수정과 가르딘의 다급한 웅얼거림이 들려왔다.

신성이 한 손으로 물살을 버티며 입에 있는 어둠의 마력 코인을 다른 손에 쥐려는 순간이었다.

티잉!

어둠의 마력 코인이 물살을 타고 온 돌에 맞아 튕겨져 나갔다.

'미친!'

허망하게도 어둠의 마력 코인이 물살에 휩쓸려 저 멀리 사라지려 하고 있다. 신성이 충격에 대비하며 이를 악문 그 순간이었다.

"구국! 구그극!"

가르딘이 공기 방울을 뱉어내며 힘차게 발차기를 했다.

어둠의 마력 코인이 가르딘의 발에 적중했다. 그러자 어둠의 마력 코인이 물살을 거슬러 김수정의 앞에 도달했다.

"으으읍!"

김수정이 손을 뻗어 간신히 어둠의 마력 코인을 잡았다. 신성은 생각할 것도 없이 김수정의 손을 잡으며 그대로 홈으로 가져다 댔다.

딸각!

어둠의 마력 코인이 정확하게 홈에 꽂히는 순간 석판이 무너져 내리며 통로가 나왔다. 모두가 그 통로로 빨려들어 가듯 떨어지자 바로 거대한 돌이 그곳을 막아버렸다.

"으으!"

"꽈하!"

"커거거걱!"

거대한 돌덩이가 통로를 막은 덕분에 물은 사라졌다.

하지만 나타난 것은 절벽을 방불케 하는 내리막길이었다.

후드득!

신성이 벽에 손을 꽂아 넣으며 버티려 했지만 벽이 모래로 변해 흩날렸다.

셋은 마치 워터 슬라이드를 타는 것처럼 아래로 급격히 떨어져 내렸다. 커다란 가르딘의 몸이 썰매가 되고 그 위에 신성과 김수정이 붙어 있다.

"천장이 무너집니다!"

천장이 무너져 내리며 함정에 설치되어 있던 날붙이들이 떨어져 내렸다.

"그 정도로 돈을 처먹고도……!"

그 정도로 돈을 처먹었으면 적어도 다음 함정까지는 안전하게 갈 수 있어야 했다. 이 빌어먹을 유적지는 그럴 마음이 전혀 없어 보였다.

신성이 손을 뻗자 순식간에 마법진이 만들어졌다.

"다크 웨이브!"

충격파가 뿜어져 나가며 날붙이들과 쏟아지는 파편을 날려 버렸다. 김수정과 가르딘이 구세주를 바라보는 초롱초롱한 눈빛으로 신성을 바라보았다.

휘익!

점점 더 속도가 붙어 엄청나게 빨라졌다. 통로는 단순히 일자가 아니었다. 두 개의 갈림길이 나오자 신성은 생각할 것도 없이 한쪽을 선택해야만 했다.

"가르딘! 오른쪽으로 틀어!"

"아, 알았다!"

가르딘이 몸의 들썩이자 오른쪽으로 꺾였다. 다행히 찍기를 잘했는지 함정은 보이지 않았다. 저 멀리서 빛이 보였다.

모두의 표정이 밝아졌다. 그러나 곧 구겨질 수밖에 없었다.

"이런 개⋯⋯!"

"아아아!"

"으아!"

통로의 밑이 비어 있었다.

통로 밖으로 빠져나오는 순간 그대로 밑으로 곤두박질치기 시작했다. 김수정이 마력으로 이루어진 날개를 꺼내며 신성의 몸을 잡았다. 신성은 빠르게 손을 뻗어 아래로 떨어져 내리고 있는 가르딘의 발을 잡았다.

"으윽!"

김수정이 마력을 계속 쏟아 부으며 간신히 위로 날아올랐다. 다행히 반대편에 다른 통로가 존재했다.

통로 안으로 들어오자 김수정은 그대로 녹초가 되어버렸고, 가르딘은 숨을 헐떡이며 넋이 나가 버렸다. 신성은 벽에 등을 기대며 허망한 웃음을 내뱉었다.

"어, 어쨌든 살아 있는 것 같군요."

"적어도 세 번 정도는 죽을 뻔했어."

"끄윽!"

가르딘은 물을 너무 많이 먹어 무척이나 힘들어 보였다.

신성은 자리에서 일어났다. 통로 밖으로 고개를 내밀어 아래를 바라보니 거세게 흐르는 물이 보였고 그곳에 몬스터들이 득실거렸다.

어쨌든 황금과 가까워진 것 같았다. 통로는 노란빛으로 물들어 있었다.

휘이이이이!

강력한 바람이 불며 황금 가루가 휘날렸다. 신성은 몸에 묻은 황금 가루를 보며 씨익 웃었다. 고생했지만 어쨌든 제대로 아주 빠르게 도착한 것 같았기 때문이다.

한결 가벼워진 걸음으로 통로를 따라 걸을 떼였다. 통로 옆으로 나 있는 구멍이 보였다. 창문과도 같은 것이었는데 아래를 내려다볼 수 있게 만들어져 있었다.

신성과 김수정은 아래를 바라보았다.

"레드 소드……."

"숫자가 너무 많습니다."

입구에서부터 모조리 부수고 여기까지 도달한 것이다. 마력 폭탄을 만들려면 많은 마력 코인과 재료가 들었다. 그런 값비싼 마력 폭탄을 아낌없이 쓸 정도로 레드 소드는 이곳에 상당한 공을 들이고 있었다.

마력 폭탄을 옮기는 아르케디아인이 보였다. 중간마다 수호자 길드 소속 엘프가 보였는데 땅의 정령을 불러 황금을 탐색하고 있었다.

엘프는 황금이 있는 곳을 발견했는지 누군가에게 보고했다.

'빨리 가야겠군.'

신성이 그렇게 생각하며 고개를 돌리려 할 때였다. 레드 소드 길드원들이 서로 눈치를 주더니 엘프의 뒤로 접근했다.

"꺄악!"

"커헉!"

"가, 갑자기 무… 꺄악!"

뒤로 접근한 레드 소드의 길드원들이 엘프들을 그 자리에서 죽여 버렸다. 무방비 상태에서 완벽한 기습이었기에 엘프들은 반항조차 하지 못하고 영혼석이 되어버렸다.

그 광경을 본 김수정이 자신의 입을 막았다. 신성 역시 깜짝 놀랄 수밖에 없었다. 설마 그 자리에서 수호자 길드의 길드원을 죽여 버릴 것이라고는 생각하지 못했다.

황금을 독식하기 위한 계획의 일종이 틀림없었다. 황금으로 확보한 자금력이 바탕이 된다면 더는 수호자 길드의 눈치를 보지 않아도 되기 때문이다.

"황금… 눈먼다. 적, 만든다."

가르딘이 김수정의 어깨에 손을 올리며 말했다. 김수정은 감정을 수습하고는 단검을 움켜잡았다.

"가자. 저런 놈들에게 넘겨줄 수는 없어."

"예, 마스터."

"우라!"

신성의 말투도 어느새 차갑게 가라앉아 있었다.

신성이 있는 통로는 황금이 있는 곳으로 향하는 지름길이었다. 어둠의 마력 코인을 투자한 가치가 충분히 있었다.

긴장을 풀지 않고 드래곤의 눈으로 통로를 살펴보았다. 통로에는 함정이 하나도 없었다. 그 정도 고생을 했는데 이 정도는 당연한지도 몰랐다.

통로는 지하를 향해 있었다. 낡은 계단을 밟으며 빠르게 내려가자 커다란 문이 있었다. 문틈에서 황금빛 광채와 함께 황금 가루가 뿜어져 나오고 있었다.

"또 달라는군요."

커다란 문에는 머리에 뿔이 달린 남자가 손을 내밀고 있었다. 손에는 전과 같이 홈이 파여 있었는데 이번에는 두 개였다. 신성의 인상이 구겨졌다.

신성이 주먹을 쥐자 푸른빛의 오러가 맺혔다. 순수한 드래곤의 마력으로 응집된 오러는 굉장히 선명한 푸른 빛깔이었다.

다른 아르케디아인들과는 달리 신성의 오러 사용은 무척이나 자연스러웠다.

정해진 스킬 없이 자유로운 움직임을 보여주는 것이 가장 큰 장점이었다. 스킬 위력을 높이기 위해 '베쉬', '관통 베기' 같은 시동어를 외칠 필요가 없는 것이다.

지금처럼 분노를 담아 휘두르는 것만으로도 충분히 강력했다.

콰아아앙!

놈에게 줄 것은 이 주먹뿐이었다. 홈이 있는 곳에 주먹을 꽂아 넣자 균열이 생기며 문이 갈라지기 시작했다. 위에서 원통에 칼날이 달린 함정이 떨어졌지만, 신성이 그대로 주먹을 올려치자 단번에 박살이 났다.

신성은 그제야 마음이 상쾌해지는 것을 느꼈다. 처음부터 이랬으면 그런 고생을 할 필요가 없었을 것이다.

환한 황금빛이 뿜어져 나왔다. 눈이 부실 정도로 밝았다. 밝은 빛에 적응이 되자 신성은 눈앞에 펼쳐진 광경에 시선을 빼앗겨 버렸다.

마력을 따라 황금빛 가루가 물결이 되어 커다란 공간을 휘감고 있었다. 그 중심에는 거대한 황금 조각상이 서 있고 그 주변으로 황금이 가득했다.

드래곤의 눈으로 보니 황금 조각상을 제외하고는 모두 통짜 황금이었다.

"대박!"

"아……!"

"황금!"

황금 조각상을 휘감던 황금 가루가 그대로 천장 위로 스며들며 사라졌다.

이곳은 그야말로 영화에서나 보던 황금으로 이루어진 방이었다. 신성과 김수정은 물론 가르딘마저 넋을 잃었다.

이런 환상적인 풍경을 보고 넋을 잃지 않는다면 감정이 없는 인형일 것이다.

[최초로 황금의 방을 발견하였습니다.]

[대량의 모험 경험치를 획득하였습니다.]

*LEVEL UP! ×2

[칭호를 획득하였습니다.]

[C]황금 탐구자

최초로 대량의 마력 황금을 발견한 모험가에게 주어지는 칭호. 그대의 앞날에 황금의 축복이 가득할 것이다.

*좋은 아이템 획득 확률 7% 상승

*기품 +60

*명성 +100

*행운 +70

대단히 좋은 칭호였다. 그러나 지금은 그런 칭호조차 눈에 들어오지 않았다.

"생각보다 너무 많은데?"

"이렇게… 많을 줄은 몰랐습니다."

거대한 황금 언덕들이 보였다.

신성은 그동안 고생한 것이 단번에 날아가는 것을 느꼈다. 고개를 아무리 돌려봐도 모두 황금으로 이루어져 있었다.

여기도 황금, 저기도 황금이었다.

벽도 물론이고 공동을 돌고 있는 바람마저 황금 가루가 잔뜩 묻어 있었다. 과거에 아르케디아 온라인에서 떠들어대던 양보다 훨씬 많았다.

아무래도 황금 가루가 산맥까지 날아올 정도였으니 이 정도 규모는 당연한 것인지도 모른다. 현실이 되면서 많아진 것으로 보였다.

'인벤토리가 부족하겠는데…….'

뽀삐가 가지고 있던 인벤토리까지 가지고 왔지만 그걸 모두 사용해도 부족할 것 같았다. 신성은 바로 안으로 뛰어들었다. 마력으로 이루어진 기류에 몸이 둥실 떠올랐다.

"우어!"

가르딘도 공중에 뜬 채로 버둥거렸다. 황금 가루가 잔뜩 묻어 가르딘은 황금 오크가 되어버렸다. 그것은 신성과 김수정도 마찬가지였다. 신성이 아래로 몸을 숙이자 그대로 밑으로 떨어져 내렸다.

차르륵!

금이 스치는 소리가 들려왔다. 그 소리는 그 어떤 선율보다 아름답게 들렸다. 바로 옆에 착지한 김수정과 가르딘이 신성을 바라보았다.

"챙겨."

신성의 말이 떨어지는 순간 황금을 잔뜩 챙기기 시작했다. 신성은 뽀삐의 인벤토리 가방을 가르딘에게 건넸다. 가르딘은 그것을 받아 들고 빠르게 황금 덩어리들을 안에 넣었다.

[C+]거대한 마력 황금 덩어리×50
[C]마력 황금 덩어리×250
[C-]마력 황금 조각×250

황금을 8강 가방과 연결된 인벤토리에 가득 넣었다. 이 이상 넣는다면 중형 물자로 넘어가게 되어 육로로 직접 옮겨야 한다. 'C+]거대한 마력 황금 덩어리'보다 더 커다란 황금 바위는 그 자체가 중형, 그리고 대형 보물에 해당하여서 인벤토리에는 들어가지 않았다.

직접 사막을 횡단하여 옮겨야 했다.

연금술로 마력 코인으로 바꾼다면 더 많이 옮길 수 있었지만 시간이 없었다. 곧 놈들이 몰려올 것이다.

"많이 담았지만 여전히 많군요. 유적지 밖으로 빼내는 것에만 며칠은 걸릴 것 같습니다."

김수정은 아깝다는 듯 황금을 바라보았다.

상당히 많은 양을 담았기에 만족스럽기는 했다. 그러나 신성은 아직도 많은 황금을 두고 그냥 떠날 수가 없었다. 레드 소드가 이 황금을 가지고 가는 걸 상상하니 짜증이 솟구쳤다.

결코 그렇게 둘 수 없었다.

신성은 주변을 바라보았다. 황금 가루가 흐르고 있는 것이 보였다. 바람을 타고 흐르는 것이 아니라 물살에 타고 흐르고 있었다.

이곳 지하에는 상당히 많은 물이 흘렀다. 그 물은 사막의 깊숙한 지하로 이어져 있었다.

그것이 사막으로 가끔 터져 올라 오아시스가 되어주는 것이다.

"가르딘, 저쪽 벽으로 가 있어!"

"알았다!"

신성은 바로 가르딘이 향한 곳과 반대되는 벽으로 향한 다음 벽을 손으로 긁어보았다. 황금 가루의 코팅이 벗겨지자 벽이 드러났는데 벽은 상당히 축축했다. 황금 코팅이 이곳에 물이 들어오지 못하게 막아주고 있었다.

이 공간에 마력이 회오리치고 있으니 이곳을 뚫는다면 빠른 물살이 형성되며 황금이 충분히 빨려 나갈 수 있을 것으로 보였다.

'금 한 조각도 넘겨줄 수 없어.'

상대가 루나처럼 착한 자들이라 할지라도 한 조각 줄까 말까 하다. 하물며 저런 쓰레기들에게 내어줄 생각은 전혀 없었다.

이 정도 양이라면 드래곤 레어뿐만 아니라 세이프리 역시 큰 성장이 가능했다. 초보 도시라는 이름을 졸업하고 중심 도시로 자리 잡을 수 있을 것이다.

'이곳에 가능성을 묻어두는 거야.'

황금을 버리는 행위였지만 신성은 또 다른 기회를 만든다고 생각했다. 신성에게는 사막 오크 부족이 있었다. 그들은 이 사막을 너무나 잘 알고 있었다.

신성의 입가에 미소가 지어졌다. 그야말로 탐욕의 신다운 미소였다.

신성이 눈이 가로딘과 마주친 순간,

"박살 내버려!"

"우오!"

신성과 가르딘은 동시에 벽을 부숴 버렸다.

＊　　　＊　　　＊

벽에 균열이 생기더니 물줄기가 뿜어져 나왔다. 가르딘 쪽도 마찬가지였다. 가르딘이 양손 도끼로 힘껏 치자 벽이 크게 무너져 내리며 물이 밀어닥쳤다. 물살은 동상을 중심으로 회전하는 마력에 휘감기고 있었다.

순식간에 물이 허벅지까지 차올랐다.

드드드드드!

황금 덩어리가 회오리치더니 신성이 있는 곳으로 향했다.
이어 구멍을 통해 빠른 속도로 빠져나가기 시작했다.

그 흐름은 시간이 갈수록 빨라졌다.

"빠져나가자!"

신성의 말에 김수정과 가르딘이 물살을 헤치며 들어온 통
로로 향할 때였다.

콰아앙!

폭발음과 함께 천장이 뚫렸다. 무너져 내린 천장에서 아래
를 바라보고 있는 것은 레드 소드 길드의 길드원들이었다.

"미, 미친! 물이!"

"화, 황금이 떠내려갑니다!"

고개를 든 신성과 타오르는 듯한 붉은 머리칼을 지닌 남자
의 눈이 마주쳤다.

신성은 남자를 잘 알고 있었다. 아르케디아 온라인에서 손
꼽히는 랭커였고 에르소나처럼 대형 길드를 이끌고 있는 남자
였다. 과거에 작업장을 만들어 많은 돈을 번 인물이기도 했
다.

결국 신성이 박살 내기는 했지만 말이다.

27Lv

이름 : 칼론

성별 : 남

종족 : 휴먼(비르딕 소속 후작)

소속 : 레드 소드(길드 마스터)

성향 : 브론즈, 중립(30%)

취향 : 어린아이, 반항하지 않는 NPC

머리가 빠르게 돌아가고 능력이 있는 놈이지만 역시 정상적인 놈은 아니었다.

"이 개자식들이! 무슨 짓을 한 거야!"

분노 섞인 외침에 신성은 어깨를 으쓱했다.

그 모습이 무척이나 통쾌하게 느껴졌다. 십 년 묵은 체증이 확 내려가는 것 같았다. 신성이 손을 흔들어주자 가로딘과 김수정 역시 살짝 손을 흔들었다. 그리고 통로를 향해 냅다 뛰었다.

그러나 칼론은 그것을 신경 쓰지 못했다. 빠른 속도로 사라지는 황금에 온통 정신이 팔린 상태였기 때문이다.

"막아! 막으라고!"

"하지만 에, 엘프들이 없어 정령은……."

"몸으로라도 막아!"

레드 소드의 길드원들이 밑으로 뛰어내렸다. 한꺼번에 백 명을 넘는 길드원이 착지했지만 물살에 이리저리 휩쓸리며 버티는 것도 힘겨워했다.

그 공간 안에 고여 있던 마력이 급격히 빠져나가면서 더욱 거세진 물살이 바닥에 있던 황금을 모두 쓸어가 버렸다.

탱커들이 스킬을 이용해 버티고 마법사들이 벽에 실드를 중첩시키며 벽의 구멍을 막는 것에는 성공했지만 이미 늦어버렸다.

황금은 깔끔하게 모두 사라져 버렸다.

'상대해 줄 필요는 없겠지.'

신성 일행은 이미 그곳에서 빠져나와 통로를 달리고 있었다.

레드 소드의 주요 인원을 정면에서 상대하는 것은 결코 좋은 선택이 아니었다. 저 빌어먹을 자식들을 없애 버리지 못한 것이 아쉽기는 했지만 에르소나에게 통신석을 건네주는 것만으로도 레드 소드는 엄청난 타격을 입을 것이 틀림없었다.

길드 마스터는 당연히 추살될 것이다.

"아직 황금 동상은 남아 있었습니다. 그것만으로도 놈들이 투자한 자금을 어느 정도 회수할 수 있지 않을까요?"

"그거 황금 가루가 붙은 돌덩어리야. 전혀 쓸모가 없어."

"그렇습니까?"

드래곤의 눈으로 확인했으니 틀림없었다. 마력의 흐름을 만드는 동상에 불과했다. 신성과 김수정, 그리고 가르딘은 빠르게 통로를 달렸다.

앞서가던 신성이 잠시 멈춰 섰다.

"왜 그러십니까?"

"그 동상… 마력이 집중되어 있었는데… 마법진도 복잡했고."

"신기한 동상이군요. 그게 무슨 문제라도……?"

신성과 김수정은 동시에 무언가 깨달았다. 저 밑에 포식의 거미가 봉인되어 있다는 사실을 말이다.

"오크 동상! 뚜껑!"

가르딘이 그렇게 말하니 확실해졌다.

그 동상을 부수면 봉인이 풀릴 것이다. 황금을 얼마나 가져가든, 주변이 얼마나 망가지든 상관없었다. 그 동상만 건드리지 않으면 되는 것이다.

신성은 통로 옆의 구멍으로 다가가 아래를 내려다보았다.

불안한 예감은 역시 빗나가지 않았다. 칼론이 동상을 부수라고 지시하고 있었다. 동상이 제법 컸으니 그 황금이라도 챙겨가려는 것이다. 칼론은 눈이 뒤집혀 지금 제대로 된 판단을 할 수 있는 상황이 아니었다.

"으아아아! 젠장! 그 새끼들이!"

분에 못 이겨 마구 난동을 피우고 있었다.

"포식의 거미는 어느 정도지?"

"전설! 크다! 엄청!"

가르딘이 두 팔을 펼치며 말했다.

"대형 몬스터 정도일까요?"

"음, 이 유적지가 봉인을 위해 만들어졌다면……"

대형 몬스터를 넘어설 수도 있었다. 말리기엔 이미 늦어버렸다. 이미 마력 폭탄이 동상에 설치되었고, 폭파 지시가 떨어졌다.

콰아아앙!

마력 폭탄이 폭발하며 동상이 처참하게 박살 났다.

"레벨이 낮기를 바랄 수밖에 없겠군."

"그래도 이곳의 평균 레벨에 맞지 않을까요?"

"그랬으면 좋겠는데……"

유적지 전체가 진동하기 시작했다. 바닥에 있던 먼지가 공중으로 치솟는 것이 신성의 눈에 들어왔다.

"이거 금이 아니잖아! 젠장! 엘프, 엘프를 데려와! 정령을 부르라고! 지금 당장 물밑에서 꺼낸다면!"

"기, 길드장님! 바닥이 갈라집니다!"

칼론이 얼굴을 구기며 말할 때였다. 바닥이 갈라지기 시작하더니 순식간에 레드 소드 길드원 세 명이 아래로 떨어져 내렸다.

"으아악!"

"크악!"

비명이 울려 퍼졌다. 신성의 눈에 칼론이 크게 당황하는 것이 보인다.

진정한 재앙은 아직 시작되지도 않았다. 저 밑에 웅크리고 있던 존재가 긴 잠에서 깨어나고 있었다.

두드드드! 콰아아!

바닥에서 솟아오른 거대한 칼날이 순식간에 칼론의 몸통을 그대로 가르며 지나갔다.

"뭐……."

칼론의 강화된 방어구는 그 칼날 앞에서 전혀 도움이 되지 못했다.

칼론의 몸이 두 조각 나며 쓰러졌다. 그 순간 주변에 있던 길드원 모두가 굳어버렸다.

그들을 이끄는 길드 마스터가 죽어버린 것이다.

잠시 침묵이 내려앉았다. 침묵 역시 오래가지 못했다.

휘이이이이!

거대한 칼날들이 치솟기 시작했다. 치솟은 칼날은 그대로 회전하며 레드 소드의 길드원들을 갈아버렸다. 마치 믹서기를 보는 것 같았다. 황금으로 가득하던 커다란 공간이 단번에 거대한 믹서기의 내부가 되었다.

신성은 그 칼날이 함정 따위가 아님을 알고 있었다.

'포식의 거미······.'

두드드드드!

바닥이 박살 나며 등장한 것은 황금이 가득하던 공간을 채우고도 남을 거대한 거미였다. 날카로운 칼날은 거미의 발이었다.

42Lv

[D]포식의 거미(보스)(초대형)

마족 베르단의 수족.

사막에 거주하는 여러 오크 부족을 단신으로 전멸시킨 이력이 있다. 무엇이든지 먹어치우는 대식가이며 어둡고 습한 곳을 좋아한다. 칼날과도 같은 다리로 상대를 도륙하는 모습이 마치 춤을 추는 것 같아 마계에서는 춤추는 거미라고도 불린다.

빛나는 모든 것을 싫어하며 기이하게도 황금을 무서워한다.

갑옷 같은 검은 껍질로 덮여 있고 몸집에 비해 비교적 작은 얼굴에는 붉은 루비 같은 여덟 개의 눈이 박혀 있었다. 커다란 이빨은 무엇이든 잘라 버릴 것 같이 날카로웠다.

"으아악!"

"도, 도망……!"

살아남은 레드 소드의 길드원들이 도망치기 시작했다. 몇몇은 통로에 겨우 도달할 수 있었지만 대부분이 빠져나갈 수 없었다. 포식의 거미가 발사한 거미줄이 그물처럼 그들을 덮쳐 버렸기 때문이다.

순식간에 거대한 입을 벌려 그들을 먹어치웠다. 포식의 거미라는 이름답게 방어구는 물론이고 무기까지 깡그리 먹어치웠다.

"달려!"

레드 소드들에게 닥친 재앙은 대단히 짧은 시간에 일어난 일이었다.

신성은 통로를 빠르게 달려 나가기 시작했다. 굳어 있던 김수정과 가르딘 역시 전속력으로 달렸다.

쾌가가가가!

거미가 몸을 크게 일으키며 움직이기 시작했다. 거대한 몸체가 움직이는 순간 유적지가 무너져 내렸다.

뒤에서부터 무너져 내리는 통로가 보이자 더욱 죽기 살기로

뛸 수밖에 없었다.

"놈들이 뚫어놓은 길로 간다!"

신성은 그렇게 말하고 옆으로 뛰어내렸다. 그리고 바로 달려 나가기 시작했다. 마력 폭탄으로 뚫어놓은 덕분에 지상으로 향하는 구멍이 커다랗게 뚫려 있었다.

신성 일행은 지상을 향해 달렸다.

"뭐야?"

"우리 애들이 아니야! 막아!"

아직도 상황을 파악하지 못하고 진을 치고 있는 레드 소드의 길드원들이 보였다. 달려오는 신성 일행을 보자 무기를 꺼내 들며 공격할 태세를 갖추었다.

같은 길드원이 아니라면 무조건 죽이라는 명령이라도 있었던 모양이다. 지금은 그 명령을 철회할 수 있는 길드 마스터가 없어진 상황이다.

저들은 아직 길드 정보창을 확인하지 못한 것 같았다.

"뚫고 간다!"

수백의 인원이 진을 치고 있었지만 뒤로 후퇴할 상황이 아니었다.

신성이 검을 뽑으며 먼저 달려 나가자 김수정과 가르딘이 양옆에 서며 나란히 달렸다.

신성은 김수정을 향해 신성 마법을 펼쳤다. 저주받은 힐과 고통의 방패였다.

"크으!"

그녀는 입술을 깨물며 눈을 빛냈다. 용의 재능으로 뒤틀려 버린 신성 마법의 부작용이 그녀에게는 전투력을 한층 강화 해 주는 버프 효과를 부여하고 있었다. 그녀의 주위로 불타오 르는 듯한 붉은 오라가 뿜어져 나왔다.

신성과 레드 소드들이 부딪쳤다. 신성의 높은 근력이 레드 소드의 탱커를 뒤로 날려 버렸다. 탱커 뒤에 있는 딜러 한 명 을 베어버린 후 옆에 있는 마법사를 어깨로 쳐 버렸다.

"커억!"

"비켜!"

궁수 하나의 멱살을 잡으며 옆으로 던지고 검을 휘둘렀다. 화염 속성의 오러가 뿜어져 나가며 길이 크게 뚫리기 시작했 다.

정면이 뚫리는 순간 김수정이 섬광처럼 움직이며 여럿을 베 었다.

"어, 억! 오크다!"

"오크가 여기 왜……."

가르딘의 양손 도끼가 휘둘러지자 방패를 든 탱커들이 바 닥을 굴렀다.

"쿠아아아!"

가르딘이 함성을 질렀다. 그러자 신성은 힘이 솟구치는 것을 느꼈다. 오크 대장이라고 할 만한 버프 기술이었다.

쾅가가가가!

거미가 드디어 신성이 있는 길까지 올라왔다. 긴 다리들이 바닥을 갈랐고, 거대한 몸체가 드러나자 레드 길드의 길드원 모두가 멍하니 그것을 바라보았다.

"아……."

"저, 저거……."

신성은 그들과 어울려 주지 않고 지상으로 향해 계속 뛰었다. 포식의 거미는 수많은 아르케디아인을 보고 흥분한 모양이다. 마구 다리를 휘두르며 진격해 오고 있었다.

상황 파악을 한 레드 소드의 길드원들도 도망치기 시작했다. 좁은 지형에서 저것과 맞붙는 것은 자살 행위에 가까웠다.

"다 왔어!"

밤하늘이 보였다. 드디어 밖으로 나온 것이다.

유적지 밖에는 레드 소드의 길드원들이 황금 나를 준비를 하고 있었다. 많은 후송 물자가 보였다. 수호자 길드 마크를 단 후송 물자도 보였는데 보스 존으로 그것이 갈 일은 없을 것이다. 레드 소드는 애초부터 황금과 함께 후송 물자 역시 꿀꺽하려는 속셈이었다.

신성과 김수정, 그리고 가르딘이 유적지 밖으로 달려 나오자 그들은 눈을 깜빡이며 상황 파악을 하려 애썼다. 그러다가 많은 수의 길드원들이 사색이 되어 달려 나오는 광경을 보고는 머리에 물음표를 띄웠다.

콰아아아아!

그러나 유적지를 부수며 등장한 거대한 거미를 본 순간 그들도 손에 들고 있던 모든 것을 놔두고 피할 수밖에 없었다.

"뽀삐!"

김수정이 외치자 뽀삐가 멀리서 먼지를 일으키며 달려왔다. 가르딘 역시 휘파람을 불며 붉은 전갈을 불렀다.

신성과 김수정은 옆으로 크게 이탈하며 뛰었다. 이어 빠르게 달려온 뽀삐 위로 점프해 안착했고, 가르딘은 모래 밑에서 솟아오른 붉은 전갈 위에 올라탔다.

"최대한 멀리 떨어져!"

구르릉!

포식의 거미는 레드 소드의 길드원들에게 시선을 빼앗기며 마구 날뛰기 시작했다. 신성은 멀리 물러나며 거대한 거미를 바라보았다.

성질이 대단히 고약한 몬스터였다.

초대형이라는 이름이 붙은 몬스터답게 멀리서 봐도 대단히 웅장했다. 레드 소드는 그래도 대형 길드였다. 빠르게 상황을 파악하고 대항하기 위해 진형을 갖추었다.

분전하고 있었지만 계속해서 인명 피해가 늘어가고 있었다.

쿠어어!

화가 난 포식의 거미가 거미줄을 마구 쏴대며 여덟 개의 다리를 휘저었다. 포식의 거미도 대미지를 입어 껍질이 갈라졌지만 찰과상 정도였다.

"명령 체계가 제대로 잡히지 않은 것 같습니다."

"저놈이 다 먹어치웠으니까."

길드 마스터와 많은 간부진이 당해 버린 것이 컸다. 레벨 차이도 심각해서 갈수록 피해는 커질 것이다. 저들이 포식의 거미를 잡으려고 한다면 말이다.

"…퇴각하는군요."

"같은 길드원을 미끼로 쓰다니……."

레벨이 낮은 자들을 미끼로 쓰고 빠르게 퇴각하는 모습이 보였다. 명령을 내리는 놈들이 모두 도망치니 제대로 싸울 수 있을 리 없었다. 이런 대형 몬스터 레이드에서 명령 체계는 필수적이었다.

남아 있는 자들이 포식의 거미에게 무참히 먹혀 버렸다. 사막을 향해 필사적으로 달려 간신히 살아남은 자들도 있었지만 소수에 불과했다.

많던 후송 물자도 포식의 거미가 난리를 치자 모두 박살이 나며 모래 속에 파묻혀 버렸다.

'지금은… 힘들겠군.'

저런 몬스터를 잡는 방법은 많지 않았다. 레이드 파티를 구성해서 잡던가, 아니면 압도적인 장비와 레벨로 찍어 누르거나 둘 중 하나였다.

반룡화 현신을 한다면 해볼 만하겠지만 지금은 무리였다. 아직은 조금 더 회복할 시간이 필요했다.

포식의 거미는 아직도 분이 안 풀린 것처럼 보였다. 마구 거미줄을 뿌려대다가 무언가를 감지했는지 이동하기 시작했다.

"저쪽은……?"

"있다! 마석, 수호자."

신성이 묻자 가르딘이 답해주었다. 가르딘의 말이 맞는다면 포식의 거미가 향하는 곳은 보스 존이었다.

침묵이 내려앉았다.

신성과 김수정은 잠시 말을 잃었다.

"보스가… 뒤바뀔 수도 있겠습니다."

"마석의 수호자도 상대가 안 되겠지. 체급 자체가 다르니까."

"보스 존에는 수호자 길드와 다른 길드들이 있습니다. 소규모 파티를 이룬 아르케디아인들도 있을 것이구요. 지금 마석의 수호자를 공략하고 있다면……"

포식의 거미가 갑자기 나타나 기습한다면 그곳은 완전히 박살이 날 것이다.

신성은 머리가 아파지는 것을 느꼈다.

CHAPTER 4

하드 캐리

신성은 작게 한숨을 내쉬었다.

포식의 거미는 점차 속도를 내고 있었다. 칼날과도 같은 거대한 발을 사막의 모래에 꽂아 넣으며 미끄러지듯 나아가고 있었다. 저런 거대한 체구가 어떠한 소리도 없이 움직이는 광경은 절로 소름 끼치게 만들었다.

포식의 거미는 어둠에 파묻히는 법을 알았다.

놈은 단순한 보스 몬스터가 아닌 타고난 사냥꾼이었다.

"어떻게 할까요?"

김수정의 말에 다시 한 번 한숨을 내쉰 신성은 김수정과 가르딘을 바라보았다. 이미 준비를 끝마친 그들은 신성이 무슨 말을 할지 알고 있는 것으로 보였다.

"젠장."

신성도 이미 알고 있었다.

에르소나는 마음에 들지 않지만 그곳에는 현재 아르케디아인의 가장 핵심적인 전력이 있었다. 큰 피해를 입거나 더욱 상황이 악화되어 전멸이라도 한다면 앞으로 펼쳐질 미래는 분명 어두울 것이다.

"가자. 레벨 업이나 해보자고. 그리고 저 정도 놈이라면 엄청난 아이템을 주겠지."

"알겠습니다."

"잡는다! 거미! 잡는다! 마석!"

가르딘이 흥분했는지 가슴을 치며 양손 도끼를 하늘 위로 치켜들었다. 이동 방향을 포식의 거미 쪽으로 돌렸다.

어둠에 묻혀 이동하는 거미는 오랜 잠에서 깨어나 극심한 허기에 시달리고 있었다. 보스 존에 있는 아르케디아인을 전부 먹어치워도 허기는 가시지 않을 것이다.

뽀삐가 전속력으로 달리기 시작했다. 뽀삐는 이런 목숨을 거는 상황에 익숙해져 버렸다. 눈빛만큼은 이미 전사였다.

가르딘도 붉은 전갈을 타고 뽀삐 옆에서 나란히 달렸다.

"저대로 보스 존에 난입하면 피해가 극심할 것입니다!"

"막아야겠지."

"무슨 방법이라도……?"

지금 막 포식의 거미를 뒤쫓자고 결정한 상황에서 방법을 떠올렸을 리 없다. 신성이 웃음을 흘리며 고개를 저었다.

"즉흥적으로 생각해 보자고!"

"좋은 방법입니다! 달려! 뽀삐!"

뽀삐는 김수정의 말에 더욱 힘차게 달렸다. 사막에 한해서 뽀삐는 말보다 빨랐다. 포식의 거미를 따라잡을 수 있었다.

포식의 거미의 오감은 저 멀리서 느껴지는 많은 생명체에게 집중되어 있었다.

신성 일행은 신경 쓰지 않았다.

포식의 거미는 좀 더 속도를 내기 시작했다. 칼날과도 같은 다리가 모래를 빠르게 파고들었다. 그 속도가 뽀삐와 맞먹을 정도로 빨라졌다.

타앙! 텅!

신성이 다크 애로우를 연발로 먹여봤지만 껍질을 뚫지 못했다. 포식의 거미는 멈추지 않는 폭주 기관차처럼 오로지 보스 존을 향해 달릴 뿐이었다.

이 밑에서는 어찌해 볼 방법이 없었다. 신성과 김수정이 자리를 바꾸었다. 김수정이 뽀삐를 몰았고 신성은 뽀비의 등에서 일어나며 포식의 거미를 바라보았다.

"최대한 가까이 붙어!"

뽀삐가 포식의 거미 바로 옆으로 붙었다. 아슬아슬하게 옆으로 칼날 다리가 스쳐지나갔다. 저 쉴 새 없이 움직이는 칼날 다리에 휩쓸렸다가는 그대로 조각나 모래에 파묻힐 것이다.

"가르딘! 저 위로 올려줄 수 있겠어?"

"전갈! 이용한다!"

가르딘이 붉은 전갈을 이끌고 뽀삐의 뒤에 바싹 붙었다. 신성은 심호흡을 하며 포식의 거미를 바라보았다. 저 칼날 다리의 공격 랭크는 마력 스킨을 박살 낼 정도로 높았다. 자칫 잘못하면 전투 불능이 되어버릴 수도 있었다.

'42레벨의 초대형 보스 몬스터라… 난이도가 극악인데.'

그러나 두려운 마음 따위는 들지 않았다. 오히려 전신을 달구는 흥분이 기분 좋게 느껴졌다. 신성은 칼날 다리의 움직임을 바라보며 타이밍을 재기 시작했다.

붉은 전갈이 꼬리를 밑으로 내리며 조용히 기다렸다.

"지금!"

신성은 붉은 전갈을 향해 뛰어내리며 자세를 낮추었다. 신성의 발이 붉은 전갈의 꼬리 위에 닿자,

"쿠아!"

가르딘이 손을 번쩍 들었다. 그러자 붉은 전갈이 꼬리가 위

로 튕겨 올라갔다. 마치 활시위를 당겼다가 놓는 것 같은 느낌이다. 신성은 꼬리의 힘을 받으며 크게 점프했다.

휘이익!

신성의 몸이 빠르게 날아오르며 칼날 다리를 스쳐 지나갔다. 순식간에 몸통이 있는 부분까지 날아왔다. 신성은 뒤로 손을 뻗으며 마법진을 만들었다.

"다크 웨이브!"

충격파가 뿜어져 나갔다.

신성의 몸이 앞으로 뻗어 나가며 몸통을 향해 빠른 속도로 꽂혀들어 갔다.

콰앙! 드르르륵!

그대로 몸통에 부딪치며 둥근 몸통을 타고 구르기 시작했다. 신성은 균형을 잡으며 간신히 손을 뻗었다.

끼이익!

껍질과 손가락이 부딪치며 기이한 소리가 울려 퍼졌다. 워낙 껍질이 단단해 손가락이 박혀들어 가지는 않았다. 몸통 밑으로 미끄러지기 직전 날카롭게 솟아 있는 가시가 보였다.

그대로 점프해서 가시를 두 손으로 잡았다.

"후우."

신성은 가시에 매달린 채로 밑을 바라보았다. 칼날 다리가 빠르게 움직이고 있었는데 거대한 파쇄기를 보는 것 같았다.

신성의 시야에 김수정과 가르딘이 자신을 바라보고 있는 것이 보였다. 신성은 괜찮다는 듯 엄지를 치켜들어 보였다.

신성은 몸통 위로 기어 올라갔다. 몸통 위에 오르자 사막을 울리는 소리가 들려왔다. 먼 곳을 바라보니 아르케디아인과 몬스터들이 격렬하게 맞붙고 있었다.

보스 존이 보이기 시작한 것이다.

'규모가… 생각보다 크군.'

보스 존은 대규모 고블린 마을이었다. 정에 고블린들이 대규모 병력을 이루고 있었고 고블린 족장들이 그 병력을 이끌었다. 마석의 수호자는 킹 고블린이라 불리는 고블린의 왕이었다.

본래는 이 사막에서 제일 레벨이 높은 몬스터여야 했다.

무려 레벨 30에 달하는 간신히 중형을 넘어선 보스 몬스터였다.

고블린답지 않게 오우거보다 커다란 체구를 자랑했다. 마석의 힘으로 강화되어 그렇게 되었다는 설정이었지만 포식의 거미 앞에서는 어린아이나 다를 바 없었다.

[참여 가능한 열린 토벌대를 발견하였습니다.]

[파티 규모로 참여가 가능합니다.]

[토벌대에 참여하시겠습니까?]

참여 효과

*[D]군진 버프

*추가 경험치

*공헌도에 따른 보상

참여해서 나쁠 것은 없었다. 공헌도에 따른 보상이 제법 두둑했다.

신성은 일단 참여 버튼을 눌렀다.

포식의 거미는 먹잇감이 시야에 들어오자 흥분 상태가 되었다. 조용하던 몸체가 들썩이더니 더욱 속도를 높였다. 뽀삐와 붉은 전갈이 따라잡기 힘들 정도로 빨라졌다.

포식의 거미가 향하는 쪽은 아르케디아인들이 진형을 갖추고 있는 방향이었다.

신성은 포식의 거미의 몸통 위를 달려서 머리 위에 올라섰다.

'방향을 바꿔야 해!'

여덟 개의 붉은 눈이 보였다. 붉은 눈은 어둠 속에서 유일하게 빛나고 있었다. 신성의 몸통만큼이나 커다란 눈은 오로지 아르케디아인들을 향해 있었다.

이미 멈추기엔 늦어버렸다. 가까이 다가온 아르케디아인들의 진형이 보였다. 극명하게 갈리는 양쪽 진영에서 격렬하게 맞붙고 있었다.

사막의 모래 언덕에서 포식의 거미가 모습을 드러내자 날붙이들 부딪치는 소리가 작아지더니 조용한 침묵이 흐르기 시작했다. 아르케디아인, 그리고 고블린 모두가 고개를 돌려 거대한 몸체의 주인을 바라보았다.

저 넋이 나간 표정이 이해가 되는 신성이다. 이런 거대한 거미의 난입을 이해하기 위해시는 조금 시간이 걸릴 것이다.

신성은 눈에 검을 쑤셔 넣으려다가 멈칫했다. 더 효과적인 방법이 떠올랐기 때문이다.

'황금을 무서워한다면!'

신성은 인벤토리에서 마력 황금 덩어리를 꺼냈다. 마력 황금은 일반 황금과는 다르게 자체적으로 빛을 내었다. 황금빛이 머리 위에서 비치자 포식의 거미가 몸을 움찔거렸다.

신성은 거미의 붉은 눈을 향해 황금을 가져다 대었다.

포식의 거미가 비틀거렸다.

당장 눈앞에 보이는 황금을 피하려고 이리저리 급격하게 움직였다. 신성은 자세를 낮추며 두 손에 마력 황금 덩어리를 들고 마치 운전하듯이 붉은 눈에 마력 황금 덩어리를 들이밀었다.

아르케디아인들로 향하던 방향이 급격히 고블린 쪽으로 틀어졌다. 신성이 아르케디아인들 쪽을 향해 황금을 들이밀었기 때문이다.

포식의 거미는 본능적으로 시야에 비치는 황금을 피하려 고블린 쪽으로 방향을 틀었다.

'됐어!'

모래 구름이 치솟았다. 황금에 대한 공포로 미쳐 버린 포식의 거미가 날뛰며 진격하기 시작했다. 아르케디아인들의 진형을 아슬아슬하게 비껴가더니 그대로 고블린 마을을 향해 진격했다.

돌로 만들어놓은 벽 따위는 장해물조차 되지 않았다.

"키에에엑!"

"키에엑!

무지막지한 위력을 지닌 여덟 개의 칼날 다리를 뭉쳐 있는 수백의 고블린들을 향해 휘두르기 시작했다. 고블린들은 반항조차 하지 못했다. 다리 칼날은 너무나 날카로웠고 공격 범위가 엄청나게 넓었다.

고블린들에게 재앙이 들이닥쳤다. 거대한 칼날 다리가 한 번 휘둘러질 때마다 수십의 고블린이 그대로 사라졌다. 일반 고블린, 정예 고블린 할 것 없이 모두 한 번에 쓸려 나가고 있었다.

[기발한 처치! 드래곤은 재앙의 시초!]

판정 : C

보상 : 경험치 135%(1일)(파티)

[LEVEL UP! ×2]

신성은 거미의 몸통에 달라붙은 채로 팔찌에 떠올라 있는 정보창을 바라보았다. 경험치가 무지막지하게 오르고 있었다.

아르케디아 온라인에서는 함정을 이용해 죽이거나 다른 몬스터, 자연 지형 등 다양한 방법을 이용해 몬스터를 죽일 수 있었다. 물론 직접 죽이는 것보다는 적겠지만 경험치는 공헌도에 맞게 자동으로 계산되어 들어왔다.

그것은 현실이 된 지금도 적용되고 있었다.

포식의 거미를 날뛰게 해서 고블린들을 쓸어버린 결과가 모두 신성의 공으로 계산되어 경험치가 쌓이고 있었다. 포식의 거미를 더 날뛰게 할수록 획득하는 경험치가 많아졌다.

포식의 거미와 의도치 않게 파티 사냥을 하게 된 신성이다.

*   *   *

에르소나는 검을 내리며 멍하니 압도적인 광경을 바라보았다.

그녀답지 않은 표정이다. 하지만 그럴 수밖에 없었다.

엄청나게 커다란 거미가 갑자기 모래언덕을 뚫고 나타나더니 고블린들을 쓸어버리고 있었다.

누가 그 광경을 보고 멍해지지 않을 수 있을까?

스릉! 서걱! 서걱! 서걱!

포식의 거미가 춤을 추었다. 몸통이 마치 팽이처럼 돌아가며 그토록 애를 먹이던 정예 고블린 무리를 한 번에 쓸어버렸다.

고블린 마을 자체가 소멸하고 있었다.

"아……!"

에르소나 옆에 있던 김갑진은 아예 지팡이마저 떨어뜨리며 넋이 나가 버렸다.

이곳에 있는 천여 명의 아르케디아인들 역시 모두 같은 표정이었다. 도저히 자신의 두 눈을 믿기 힘들었다.

가장 먼저 정신을 수습한 것은 역시 에르소나였다.

"퇴각하라! 최대한 뒤로 물러나! 공격권에서 벗어나야 한다!"

그녀가 명령을 내리자 화들짝 놀라며 정신을 되찾은 간부진이 명령을 하달했다. 아르케디아인들이 빠르게 물러나기 시작했다. 방금 전 고블린들과의 치열하던 혈투가 마치 거짓말처럼 느껴졌다.

"에르소나 님, 저건 대체……."

"저도 잘 모르겠습니다."

김갑진이 묻자 에르소나는 고개를 저으며 대답했다. 보스 존을 쉽게 정복하리라 여겼지만 상황이 길어지고 후송 물자가 도착하지 않자 치열한 전투가 계속되고 있는 중이다.

포션을 포함한 여러 전투 물자가 떨어지고 후발대들이 도착하지 않자 오히려 밀리기 시작한 것은 에르소나 쪽이었다. 게임과 비교할 수도 없을 정도로 고블린의 숫자는 많았다. 게임에서는 일정한 숫자 이상의 번식이 제한되는 것에 비해 이곳에서는 그런 제한이 없는 것이다. 게다가 마석의 수호자는 그 속도가 느리기는 하지만 정예 고블린을 만들어내고 있었다.

수많은 고블린을 상대로 이 정도의 상황을 만들어낸 것도 대단한 것이었다. 그런데 그러한 상황이 한순간에 뒤집혔다.

갑자기 난입한 저 거대한 거미에 의해서 말이다.

'포식의 거미… 처음 듣는 이름이다.'

에르소나는 신음을 흘렸다.

[42Lv, D랭크 초대형 보스 몬스터.]

도저히 이 마석과는 맞지 않는 강력한 몬스터였다. 에르소나는 시선을 집중해 포식의 거미를 바라보았다. 그녀의 뛰어난 시야에 포식의 거미 위에 있는 사내가 포착되었다.

그는 소름 끼치는 웃음을 지으며 거미의 눈동자를 향해 황금 덩어리를 내리찍고 있었다. 거미는 그럴 때마다 마구 날뛰며 고블린들을 학살했다.

"이신성!"

그의 이름이 에르소나의 입에 올랐다. 그녀가 그 이름이 말하자 김갑진을 포함한 모든 간부진의 눈이 동그래졌다. 그들도 재빨리 거미의 머리 위를 확인했다. 그리고 그 광경을 보자 또다시 넋을 잃고 말았다.

"마신!"

"마신이 D랭크 보스 몬스터를 조종하고 있어!"

주변 반응은 그야말로 경악 그 자체였다.

에르소나는 그녀답지 않게 침을 꿀꺽 삼켰다.

보스 몬스터를 그냥 조종하는 것이 아니었다.

포식의 거미는 겁에 질려 있었다. 바로 저 남자에게 말이다.

"길드장님! 겨, 경험치가!"

부관의 말에 에르소나는 팔찌를 확인했다. 레벨이 올랐다는 표시가 나타나자마자 사라지며 또다시 경험치가 계속해서 쌓여갔다. 나눠 받는 경험치는 적었지만 그 양이 엄청났다.

에르소나는 신성이 토벌대에 참여한 것을 알 수 있었다.

지금 이곳에서 경험치를 나눠 받는다는 말은 저 마신이 지금 막대한 경험치를 획득하고 있다는 말이었다.

에르소나 쪽은 직접 전투에 참여하고 있지 않으니 신성이 얻고 있는 경험치는 적어도 이곳의 세 배 이상일 것이다.

"레, 레벨이!"

"경험치가 미쳤어!"

여기저기서 탄성과 함께 그런 말들이 튀어나왔다.

갑자기 나타난 포식의 거미님께서 캐리해 주시는 중이었다.

*　　　*　　　*

에르소나의 눈빛이 떨렸다. 전장을 주도하며 이끌던 자신이 초라하게 느껴졌다. 그녀는 심호흡을 하며 마음을 가라앉혔다. 질투라는 감정이 빠르게 사라지며 냉정함을 되찾았다.

지금은 할 수 있는 것을 해야 했다.

"후송 물자를 살피러 간 정찰대는 어떻게 되었습니까?"

에르소나가 자신의 옆에 서 있는 하이엘프를 향해 물었다. 하이엘프는 멍한 표정을 수습하고 그녀의 질문에 대답하기 위해 입을 떼었다.

"조금 전에 돌아와 전장에 합류했습니다. 보고에 의하면 후송 물자의 흔적이 산맥 쪽에서부터 끊겼다고 합니다. 아무래도 약탈당한 것 같습니다."

"약탈……."

에르소나는 상황 판단을 마쳤다. 얼추 어떻게 된 것인지 짐작이 되었다.

"정찰대의 피해는?"

"없었습니다만… 도중에 사막 오크들과 조우한 모양입니다. 수천에 달하는 대규모 병력에게 잡혔다가……."

"사막 오크들에게 잡혔는데 무사히 돌아왔다는 것입니까?

말이 안 되는 소리였다. 에르소나는 일부러 사막 오크의 무리를 피해 우회하여 이곳에 도착했다. 사막 오크들이 대단히 공격적이고 집요했기 때문이다. 게다가 그들의 규모는 예상을 한참이나 웃돌 정도로 대단히 커서 벌집과도 같았다.

그런 사막 오크들에게 사로잡혔지만 무사히 살아 돌아왔다는 말을 도저히 믿기 힘들었다.

그러나 엘프들은 거짓말을 할 수 없었다.

"그냥 풀어준 것이 아니었습니다."

"그럼?"

"사막 오크들은… 정찰대를 그들의 마을에 강제적으로 끌고 가서……."

에르소나의 눈빛이 떨렸다. 정찰대는 여성 엘프의 비중이 높았다. 무슨 짓을 당했을지 상상이 되는 순간 그녀의 손이 떨려왔다.

"길드장님, 침착하게 들어주십시오."

"…보고해 주세요."

길드장인 그녀는 모든 이야기를 들어야 했다. 그것이 비록 듣기 힘들 정도로 치욕스러운 이야기라 할지라도 말이다.

"강제적으로 끌고 가서… 흠, 자신들이 모시는 신을 믿도록 맹세시켰답니다."

"신?"

"네, 모든 보물의 지배자… 탐욕의 신이라고 하더군요."

에르소나의 표정이 멍해졌다.

콰아아아앙!

웅장함을 자랑하던 고블린의 석상이 박살 나며 튕겨 나갔다. 고블린들의 비명이 사막의 밤을 휘감고 있었다.

* * *

신성이 급조한 계획은 생각보다 효과가 좋았다. 포식의 거미가 선사해 준 경험치는 막대했다. 뒤에서 쫓아온 김수정과 가르딘도 폭풍 같은 레벨 업을 하고 있었다. 파티였기에 신성이 얻는 경험치를 그대로 받고 있었다. 게다가 신성은 처치 보너스로 경험치 버프까지 두르고 있었으니 그야말로 대박이었다.

버프도 무려 중첩이었다.

'좀 더 날뛰어라!'

신성은 거미의 눈에 황금을 내려쳤다. 포식의 거미를 더욱 날뛰게 하려는 속셈이다. 시야가 온통 금빛으로 물들자 포식의 거미는 더욱 날뛰며 고블린을 지옥으로 몰아넣었다.

고블린들의 저항도 만만치 않았다. 많은 수의 고블린이 포식의 거미를 향해 집중 공격을 하기 시작했다. 거미와 개미들이 맞붙는 것 같은 모습이다.

단단한 껍질에 마법 공격을 비롯한 무수한 공격이 쏟아져 내리자 갈라지며 초록색의 피가 터져 나왔다. 포식의 거미가 비명을 지르며 그 자리에서 팽이처럼 마구 돌기 시작했다.

"큭!"

신성은 재빨리 황금 덩어리들을 인벤토리에 넣고 검을 뽑아 머리 위에 꽂아 넣었다. 튕겨 나가는 것을 면했지만, 거미가 마구 회전하는 탓에 속이 안 좋을 정도로 어지러웠다.

상처 입은 포식의 거미의 공격은 그야말로 칼부림이었다. 고블린, 돌, 동상 가릴 것 없이 모두 갈라지며 사라졌다.

난전이 계속되었다. 고블린들이 분투했지만 포식의 거미를 쓰러뜨릴 수는 없었다.

'끝났군.'

시간이 흐르자 고블린의 맹렬한 저항도 이제는 찾아볼 수 없게 되었다.

고블린을 대량 학살한 포식의 거미가 거대한 체구를 지닌 킹 고블린 앞에 도착했다.

킹 고블린은 거대한 몽둥이를 들고 포식의 거미를 올려다보았다. 킹 고블린이 마석의 힘을 이용해서 정예 고블린을 생성해 냈지만…….

서걱!

그대로 거대한 칼날 다리가 정예 고블린을 갈라 버렸다.

그르르르!

포식의 거미는 화가 머리끝까지 나 있는 상태였다.

이성을 잃은 상태였지만 본능적으로 눈앞에 있는 킹 고블린이 가장 강력한 적임을 인지했다.

놈이 지닌 날카로운 이빨이 으르렁거리는 소리에 맞춰 씰룩거렸다. 산성으로 이루어진 침이 떨어져 내리며 모래를 녹였다.

"크에에에!"

킹 고블린이 몽둥이를 휘둘렀다. 몽둥이에 맞은 부분에 균열이 생기며 초록 피가 터져 나갔다. 킹 고블린은 보스 몬스터다운 모습을 보여주고 있었다.

그러나 상대가 너무나 나빴다.

휘익!

거미가 순식간에 움직이더니 킹 고블린을 거미줄로 휘감았다. 킹 고블린이 빠져나가려 했지만 거미줄이 겹겹이 쌓이자 그대로 고치가 되어버렸다.

킹 고블린도 명색이 보스 몬스터이기는 했지만 포식의 거미와 체급 자체가 달랐다. 게다가 킹 고블린 자체는 단일 보스 몬스터에 비할 바가 아니었다. 킹 고블린이 이끄는 병력 덕분에 어려운 난도를 자랑했던 것이다.

콰득!

포식의 거미는 무수한 공격을 버티며 킹 고블린이 갇혀 있는 고치에 이빨을 박아 넣었다. 킹 고블린의 비명이 들렸다. 포식의 거미는 킹 고블린의 체액을 빨아 먹다가 그것에도 만족하지 못했는지 아예 입을 벌려 씹어 먹기 시작했다.

킹 고블린이 허무하게 죽어버렸다. 마석의 수호자치고는 허망한 최후였다.

[마석의 수호자가 쓰러졌습니다.]

*3일 후 마석이 완전히 소멸됩니다.

*필드에 대단한 변화가 나타날 것입니다.

*토벌대 정보창에서 공헌도 순위에 맞는 보상을 획득할 수 있습니다.

메시지가 떠올랐다.

정신없는 상황 속에서 첫 메인 퀘스트가 완료된 것이다.

마석의 수호자가 사라지자 고블린의 전투력이 급격히 약해지기 시작했다. 고블린은 마석이 만들어낸 몬스터였기 때문이다. 상처를 입은 포식의 거미는 붉은 안광을 빛내며 고블린을 도륙해 먹어치우기 시작했다.

이제는 저항조차 없는 일방적인 학살이었다.

'일단 얼떨결에 마석의 수호자는 해결한 것 같은데……'

쾌적한 버스를 탄 기분이다.

아무튼 이로써 당분간 서울은 안전할 것이다.

이제 남은 것은 이 포식의 거미를 어떻게 잡느냐 하는 것이다. 많은 상처를 입기는 했으나 여전히 위력적인 존재였다. 고블린보다 숫자가 훨씬 적은 아르케디아인들에게는 버거운 상대였다.

고블린들이 도망치기 시작했다. 겁에 질린 고블린은 이미 정상적인 판단을 할 수 없었다. 아르케디아인들 쪽으로 도망치다가 죽어버린 고블린이 대다수였다.

신성은 아르케디아인들 쪽을 바라보았다. 그들은 견고한 방어 진형을 갖추며 포식의 거미의 공격에 대비하고 있었다.

'지휘관은 역시 에르소나인가?'

그녀는 이런 사막에서 도망쳐 봤자 진형만 흐트러져 전멸당한다는 것을 잘 알고 있었다. 거대한 덩치에 어울리지 않게 거미의 속도는 뽀삐와 비슷할 정도였으니 말이다. 순간적인 가속은 뽀삐보다 빨랐다.

'잡을 수밖에 없겠군.'

결국 살아나가려면 포식의 거미를 잡아야 했다.

그나마 포식의 거미가 상처를 많이 입은 것이 위안이 되었다. 놈의 체력도 많이 떨어져 있어 움직임이 확실히 둔해져 있었다.

신성이 검에 마력을 쑤셔 넣자 검에서 화염이 솟구치며 머리 위의 껍질을 태워 버렸다.

쿠오오오오!

포식의 거미가 비명을 지르며 날뛰기 시작했다. 신성은 갈라진 껍질에 손을 쑤셔 박으며 마법진을 만들었다.

"다크 웨이브!"

다크 웨이브가 뿜어져 나가며 놈의 머리를 뒤흔들었다. 껍질 안에서 터져 버린 다크 웨이브에 포식의 거미가 비틀거렸다. 제법 많은 대미지를 준 것 같았다.

붉은 눈이 신성에게 향했다. 붉은 눈이 크게 떨리고 있다. 신성의 온몸에 붙은 황금 가루 때문이다.

발작하듯 거대한 앞다리가 빠르게 위로 올라가더니 신성을 향해 뻗어왔다.

휘이이!

마력 스킨을 박살 낼 수 있을 정도의 공격이었다. 신성은 다급히 검을 들어 막았다.

티잉!!

검과 칼날의 다리가 부딪쳤다. 강렬한 스파크가 튀며 신성의 몸이 빠르게 앞으로 날려갔다. 바닥으로 꽂히기 직전에 뽀삐가 그의 곁으로 달려왔다. 김수정이 손을 뻗어 신성을 붙잡았다.

"괜찮으십니까?"

"크으, 골이 울려."

신성의 내구도는 역시 대단히 높았다. 보통이라면 온몸이 박살이 나도 이상하지 않을 일격이었다. 간신히 막아 마력 스킨이 깨지는 것을 피한 신성이다.

신성은 마력 스킨을 해제했다. 저 공격 앞에서는 어차피 의미가 없기 때문이다. 차라리 마력 회복력을 높여 반룡화 현신이 가능한 시간을 버는 것이 나았다.

포식의 거미는 아르케디아인들을 향해 가기 시작했다.

신성의 얼굴이 구겨졌다.

상황이 좋지 않았다.

"달려!"

신성은 뽀삐 위에서 검을 휘둘렀다. 상처가 난 칼날 다리를 집중 공격하며 오러를 뿜어냈다. 포식의 거미가 칼날 다리를 휘둘러 왔지만, 김수정이 운전하는 뽀삐가 요리조리 피하면서 달려 나갔다.

"잘했어! 그대로 달려!"

"예!"

붉은 전갈 위에 타고 있던 가르딘이 양손 도끼를 들었다.

"가르딘 공격한다!"

가르딘이 붉은 전갈에서 점프하며 커다란 양손 도끼를 치켜들었다.

"우어어어!"

상처가 난 다리 위에 양손 도끼가 박혔다.

우득!

쿠오오오오!

껍질이 터져 나가며 포식의 거미가 다시 한 번 비명을 질렀다. 가르딘은 그대로 박혀 버린 양손 도끼에 매달려 있었다. 다리가 마구 움직이자 더는 버티지 못하고 멀리 튕겨 나갔다.

"우어어어!"

"가르딘!"

가르딘이 모래 언덕에 파묻혔다.

신성은 빠르게 여러 개의 마법진을 생성해 냈다. 수많은 마법진이 신성의 정면을 뒤덮었다.

"다크 애로우!"

콰가가가!

뻗어 나간 다크 애로우들이 상처 부위에 직격하며 터져 버렸다. 맹독 속성을 지녔지만 포식의 거미는 독에 대한 저항력을 지니고 있었다. 암흑 마법은 포식의 거미에게 제대로 먹히지 않았다.

휘이이이이!

에르소나 진형에서 화살이 날아올랐다. 곡선을 그리며 떨어지는 화살은 화염 속성의 마법이 걸려 있었다. 많은 화살이 정확히 놈에게 쏟아져 내렸다.

껍질에 화살이 박히지는 않았지만 상처 부위에 닿자 화염이 터지며 상처를 더욱 크게 만들었다.

그러나 포식의 거미는 움직임을 멈추지 않았다. 아르케디아인들을 향한 강렬한 분노를 내뿜으며 진격했다.

'근접전은 답이 없어. 최대한 시선을 끌면서 거리를 벌려야 해.'

포식의 거미가 에르소나 진형에 도달한다면 고블린에게 펼쳐진 학살이 그대로 재현될지도 몰랐다.

신성이 시선을 끌며 시간을 벌려 했지만 신성의 온몸에 황금 가루가 묻었기 때문인지 포식의 거미는 신성에게 시선을 두지 않았다.

포식의 거미가 주변을 향해 대량의 거미줄을 발사했다. 쏟아져 내리는 화살의 절반이 거미줄이 걸려 버렸고, 모래와 엉켜 뽀삐의 발이 엉키기 시작했다. 그러나 포식의 거미는 오히려 속도가 빨라졌다. 칼날 다리가 거미줄을 타며 빠르게 나아가고 있었다.

"속도가 너무 빠릅니다!"

포식의 거미가 멀어져 갔다. 에르소나 진형과의 거리가 급격히 좁아졌다. 앞 선에 나와 있는 탱커들이 놈의 공격을 감당할 수 있을지 의문이다.

'아직 안 돼.'

아직 반룡화 현신이 잠긴 상태였다.

"거미가……!"

김수정의 다급한 말이 전해졌다. 신성의 얼굴 역시 일그러져 있었다. 거대한 몸체가 아르케디아인들 앞까지 이르렀다.

포식의 거미가 춤을 추며 학살을 벌이려 할 때였다.

두드드드!

포식의 거미가 움찔거리며 뒤로 물러났다.

갑작스럽게 생긴 구멍을 향해 주변 모래가 빨려 들어가고 있었다. 잔뜩 긴장한 탱커들이 뒤로 물러날 때였다.

콰아아아!

포식의 거미 앞에 나타난 구멍이 모래를 잔뜩 빨아들이다가 한순간에 빨아들인 모래가 터져 나왔다.

그와 동시에 무언가 치솟아 올랐다.

신성의 눈동자가 크게 떠졌다. 모래를 가르며 치솟아 오른 것은 포식의 거미보다는 작았지만 충분히 대형이라고 볼 수 있는 크기였다.

크게 벌어진 입에서 무수히 많은 이빨이 보였다. 포식의 거미의 앞발을 잘라 먹으며 모래 속에 파묻혀 있던 거대한 몸체가 모습을 드러냈다.

"그레이트 웜!"

신성이 그 거대한 것의 이름을 입에 담는 순간이었다.

뿌우우우우!

뿔피리 소리가 들려왔다. 주변에 있는 모래 언덕 위에 횃불을 든 무리가 나타나기 시작했다.

엄청난 숫자였다. 천을 가볍게 넘어 이천, 삼천에 달하고 있었다.

"탐욕의 신께서 마석의 수호자를 없애 버리셨도다! 탐욕의 신도들이여! 은혜를 갚자!"

"탐욕! 탐욕!"

"우라! 우라! 마력 코인! 우라!"

"마력 코인으로 안식을!"

삼천이 넘어가는 사막 오크들이 내지르는 함성에 포식의 거미가 움찔했다. 그리고 아르케디아인들을 패닉 상태로 몰고 갔다.

[탐욕의 사막 오크 병력이 토벌대에 참여하였습니다.]

뿌우우우!
뿔피리 소리가 다시 한 번 울려 퍼졌다.

*　　　*　　　*

신성은 갑작스럽게 참전한 사막 오크들을 보고는 살짝 웃음을 흘렸다. 포식의 거미가 뒷걸음치며 물러날 정도로 그 기세는 어마어마했다.

"…오크들이 왔군요."

"그러게. 다 몰려왔네."

김수정과 신성의 목소리에는 감탄이 섞여 있었다. 지금 이곳의 상황은 뭐라 정리할 수 없을 정도로 난장판이었다. 상황이 계속 확확 바뀌어 뭐라고 표현하기도 어려웠다.

한 가지 확실한 것이 있다면 불리하던 상황이 역전되었다는 것이다.

아르케디아인들은 제대로 상황 파악을 하지 못했다. 아무리 에르소나라 할지라도 이런 광경 앞에서 정확한 판단을 내릴 수는 없을 것이다. 사막 오크가 토벌대에 참여했다는 의미 자체를 이해하지 못하고 있었다.

뿔피리 소리가 다시 한 번 들리는 순간 사막 오크들이 포식의 거미를 향해 달려들기 시작했다. 수많은 사막 오크들이 전갈을 타며 모래 언덕을 미끄러져 내려오는 광경은 압도적이었다.

아르케디아 진형의 뒤쪽으로 사막 오크들이 파도처럼 밀려들었다. 아르케디아인들은 다급히 방어 자세를 잡으려 했지만, 사막 오크들은 그런 아르케디아인들을 무시하며 지나쳤다.

아르케디아인들은 그 광경에 압도당해 무기마저 내리며 넋을 잃고 말았다.

쿠오오오!

포식의 거미가 위기감을 느끼며 물러나려 했다. 그러나 그레이트 웜이 뱀처럼 움직이며 포식의 거미를 공격했다.

상처를 입었다고는 하나 포식의 거미는 보통 상대가 아니었다. 커다란 칼날 다리로 크레이트 웜을 찍어 누르며 날카로운 이빨을 박아 넣었다.

"가자!"

"네!"

거미줄을 벗어난 뽀삐가 포식의 거미를 향해 빠른 속도로 달렸다. 신성이 포식의 거미를 향할 때 신성의 뒤로 사막 오크들이 정렬하여 따르기 시작했다. 뽀삐를 중심으로 수많은 전갈이 모래 위를 미끄러지며 나아가고 있다.

신성이 검을 치켜들며 화염의 오라를 생성해 내자 전갈 위에 타고 있던 사막 오크들도 무기를 들었다.

포식의 거미가 그레이트 웜을 잘라 버리며 몸을 빼려는 순간이었다.

신성과 사막 오크들이 포식의 거미 앞에 도달했다.

"밀어버려!"

"우아아아!"

"우아!!"

신성이 명령하며 오러를 뿜어내자 그 뒤를 이어 사막 오크들이 포식의 거미와 부딪쳤다. 전갈이 그대로 포식의 거미와 부딪치며 몸을 옆으로 밀어버렸다. 사막 오크들은 포식의 거미와 가까이 붙자마자 마구 무기를 휘둘러 공격했다.

포식의 거미가 비명을 질러댔다. 상처 입은 포식의 거미는 칼날 다리를 들어 올리며 춤을 추기 위해 몸을 웅크렸다.

"다리부터 잘라!"

신성의 말에 사막 오크들이 상처 입은 다리를 집중적으로 공략했다. 수많은 전갈이 독침을 찔러댔고, 그 위로 신성이 내지른 화염의 오라가 작렬했다. 사막 오크들은 전갈 위에서 점프하며 포식의 거미 위로 쏟아져 내렸다.

목숨 따위는 전혀 생각하지 않는 사막 오크들은 그야말로 용맹 그 자체였다. 한쪽 다리가 잘려 나가며 떨어지는 순간이다. 포식의 거미가 회전하며 사막 오크들을 사방으로 날려 버렸다.

쿠오오오오!

비명을 내지른 포식의 거미가 붉게 물들고 있다.

'2페이즈……!'

게임에서 보스 몬스터의 공격 패턴이 바뀌는 것은 흔한 일이다. 포식의 거미가 다리를 앞으로 모으며 붉은 눈을 빛냈다.

신성은 그것이 무엇을 의미하는지 단번에 알아차렸다.

"피해!"

신성이 외침이 울려 퍼졌다.

몰려 있는 사막 오크들을 향해 마치 포탄처럼 포식의 거미가 돌진해 왔다. 충격파가 생성되며 모래가 갈라지고 휩쓸려 버린 사막 오크들이 사방으로 쏟아져 내렸다.

"공격!"

"상처를 집중 공략하라!"

아르케디아인들이 공격에 가담했다. 탱커들이 진격하며 거

202 드래곤 레이드

미의 칼날 다리를 튕겨내고 딜러들이 가세했다. 마법으로 이루어진 폭격이 하늘을 가득 채우며 떨어져 내렸다.

사막 오크들이 토벌대에 참여한 이상 지금 당장은 적이 아님을 파악한 것이다.

포식의 거미가 몸을 부르르 떨었다. 날카로운 이빨이 떨어져 나가더니 진득한 산성 침이 흘러내렸다. 커다란 배가 부풀어 오르기 시작하더니 하늘로 향해 대량으로 뱉어진 산성 침이 소나기처럼 쏟아져 내렸다.

콰아아아!

포식의 거미는 공격이 끊긴 틈을 타서 재빨리 거미줄을 뿜어내며 상처를 막았다.

사막 오크들과 아르케디아인들이 부상자를 수습하며 뒤로 물러났다.

'저항이 심하군.'

점점 사망자가 늘어가고 있었다. 최후의 발악은 너무나 맹렬했다. 신성은 사망자가 훨씬 많이 늘어날 것을 직감했다. 포식의 거미는 초대형 보스 몬스터다운 모습을 너무나 잘 보여주고 있었다. 아르케디아인, 사막 오크들을 맞이해서 버텨내는 저력을 발휘하고 있었다.

신성의 눈에서 이채가 흘렀다. 몸에 활기가 넘치고 있었다.

드디어 반룡화 현신이 가능하게 되었다.

"뒤로 빠져."

"네? 알겠습니다."

신성의 말에 김수정이 뽀삐를 몰고 그대로 뒤로 빠졌다. 신성은 전장이 가장 잘 보이는 모래 언덕 위에 올라섰다. 포식의 거미가 계속해서 산성 침을 뱉어대며 날뛰고 있었다.

포식의 거미는 암흑 계열의 내성을 지니고 있었다. 융해와 부식이 주 무기인 다크 브레스는 포식의 거미에게 그 효과가 확실히 떨어질 것이다. 하지만 신성은 다른 계열의 마법을 쓸 수 있었다.

'신성 마법이… 어떻게 적용될지는 모르겠지만…….'

루나의 힘이 필요했다. 저들에게 강력한 힘을 부여해 줄 마법이 필요했다. 그러기 위한 반룡화 현신이었다. 드래곤 하트의 마력이 신성력으로 전환되기 시작했다. 그러자 신성의 몸에서 환한 빛이 터져 나왔다. 그 빛은 빛의 기둥이 되어 하늘로 치솟았다.

강력한 신성력이 포식의 거미를 움찔하게 하였다. 사막 오크, 그리고 아르케디아인들이 하늘을 가르며 치솟는 빛의 기둥을 바라보았다.

'백천룡…….'

신성의 몸이 신성력으로 완전히 뒤덮었다. 신성력을 이용해 반룡화 현신을 사용하자 드래곤 하트의 마력이 그 한계를 깨

버리고 전부 신성력으로 전환되었다.

신성은 루나와 강력하게 연결되어 있음을 느꼈다. 마석 안에 있었지만 그 경계를 뛰어넘어 자신의 의지가 루나에게 닿았음을 알아차렸다.

신성의 몸 위에 신성력으로 만들어진 하얀 비늘이 돋아나기 시작했다. 빛으로 이루어진 커다란 날개가 뿜어져 나왔고, 머리 위로 찬란한 황금색의 뿔이 돋아났다. 뿔에서는 막대한 신성력이 방출되며 황금빛 기류를 만들어냈다.

암흑룡으로 변했을 때와는 완전히 다른 모습이다. 탐욕의 신이라는 이름을 얻으면서 신성을 획득했기에 그는 더욱 찬란하게 빛나고 있었다.

체격이 급격히 커지며 2미터를 훌쩍 넘겨 버렸다. 신성은 빛으로 이루어진 투구가 씌워지는 순간 전신의 힘이 폭발하듯 치솟는 것을 느꼈다.

쿠오오오!

백천룡의 하울링은 그대로 사막의 밤을 무참히 갈라 버렸다. 천둥과도 같은 소리에 포식의 거미를 포함한 모두가 멈칫했다.

신성이 하늘 위로 날아올랐다. 어둠을 가르며 치솟은 그의 모습은 밤을 밝히는 태양처럼 보였다.

[D-]백천룡의 숨결(신성)

신성력으로 이루어진 드래곤 브레스.

모든 신성력을 한 번에 방출하여 아군의 상처, 체력, 마력을 전부 회복시키고 해로운 효과를 해제한다.

랭크에 따라 강력한 버프 효과가 부여되지만, 용의 재능이 그것을 뒤틀어 버렸다. 버프의 지속 시간이 끝난 후 강력한 부작용이 발생한다. 부작용은 랜덤으로 적용되며 모두 한 가지로 통일된다.

적에게 닿는다면 랭크에 따른 일정한 피해와 함께 모든 버프 효과가 모두 해제되며 신성력에 의해 속박당하게 된다.

[D-]버프 효과(20분)

*공격력 20% 상승

*방어력 20% 상승

*마력 회복 속도 70% 상승

*지속적인 상처 회복

*올 스텟 20

부작용(3시간)

[T]과도한 흥분, [T]심각한 악몽, [E+]감정의 폭주, [T]사랑과 발정, [T]우울 등

신성은 자신에게 주어진 신성 마법을 파악할 수 있었다. 버프 효과가 끝나면 부작용이 적용되는 것이니 지금 당장은 신경 쓰지 않아도 될 것이다. 일단 포식의 거미를 잡는 것이 중요했다.

신성은 호흡을 크게 들이마셨다. 신성력이 회오리치며 주변이 더욱 밝게 빛났다. 뿔에서 치솟는 황금빛은 너무나 아름다워 아르케디아인들의 정신을 빼앗아 버릴 정도였다.

포식의 거미는 찬란한 황금빛을 보자마자 몸을 부르르 떨었다.

신성이 호흡을 내쉬는 순간이다.

고요한 적막 속에서 빛이 떨어져 내렸다. 막대한 신성력으로 이루어진 빛이 순식간에 아르케디아인, 그리고 사막 오크들에게 닿았다. 포식의 거미까지 휩쓸어 버릴 정도로 대단히 넓은 범위였다.

브레스에 닿은 포식의 거미의 몸이 터졌다. 공격력은 낮았지만 효과는 확실했다.

"이, 이건 도대체……!"

"사, 상처가……!"

"마력이 모두 회복되었어!"

"이, 이 미친 버프는 뭐야!"

아르케디아인들은 경악 어린 외침을 계속해서 토해냈다. 심각한 상처를 입은 자들도 순식간에 모두 회복되었다.

단숨에 전력이 급격히 상승했다.

"탐욕의 신께서 우리를 구원해 주셨도다!"

"돌격! 돌격!"

거미의 몸에서 뿜어져 나오고 있던 붉은 기운이 모두 사라졌다. 신성력으로 이루어진 사슬이 거미의 몸을 속박하고 있었다. 사막 오크들이 그대로 돌진하며 거미와 부딪쳤다. 거미의 몸이 들썩하더니 그대로 뒤집혔다.

사막 오크들이 떼를 지어 달려들어 포식의 거미를 박살 내기 시작했다. 정신을 수습한 에르소나의 명령으로 아르케디아인들 역시 포식의 거미를 향한 무차별적인 공격을 퍼부었다.

신성이 공중에서 내려오며 모래 위에 착지하자 반룡화 현신이 풀리며 다시 본래의 모습으로 돌아왔다.

포식의 거미가 힘없이 비명을 내질렀다. 칼날 다리가 부서지며 떨어져 나가고 껍질이 마구 터져 버렸다. 그 강렬한 저항을 보이던 보스 몬스터는 이미 사라지고 없었다.

신성과 김수정 역시 전장에 합류했다. 포식의 거미가 쓰러지는 순간 신성이 거미의 머리를 향해 검을 쑤셔 넣었다. 끝까지 버텨내던 포식의 거미가 몸을 부르르 떨더니 그대로 무너져 내렸다.

[포식의 거미 토벌에 성공하였습니다!]

[LEVEL UP!]

드디어 포식의 거미의 목숨이 끊어졌다. 사막 오크들이 무기를 치켜들며 환호했고 아르케디아인들도 마찬가지였다.

'이걸 쓴다면……'

신성은 거미의 육체가 사라지기 전에 인벤토리에서 테이밍 코인을 꺼냈다. 포식의 거미는 마석의 수호자가 아니었기에 던전 코인으로 바뀌지 않았다. 던전 코인과는 달리 테이밍 코인에 넣으려면 살아 있을 때 완전히 굴복시켜야 했다.

[포식의 거미가 사망하여 일반적인 테이밍이 불가능합니다.]

신성이 아쉬워할 때였다.

[루나가 힘을 빌려주었습니다.]

[신성한 힘이 테이밍 코인에 깃듭니다.]

테이밍 코인의 색깔이 흰색으로 변하기 시작했다.

[D]신성한 테이밍 코인

신의 힘이 깃든 테이밍 코인. 죽은 몬스터에 한정해서 사용할 수 있다. 신성한 테이밍 코인에 깃들게 되면 신전이 있는 곳에 배치하여 신수에게 임무를 부여할 수 있다.

[포식의 거미를 되살려 신수로 등록할 수 있습니다.]

신성한 테이밍 코인 속으로 포식의 거미가 깃들었다.

그러자 은은한 빛이 감돌며 테이밍 코인의 표면에 거미가 새겨졌다.

신성의 눈에 무리한 권능의 사용으로 지쳐 있는 루나가 보이는 것 같았다.

"이겼다!"

"하하!"

거미의 육체가 사라지자 아르케디아인들이 환호성을 내질렀다. 아르케디아인들의 눈에는 거미가 죽어 사라지는 것으로 보였다. 서로가 기뻐하며 환호를 내질렀지만 시간이 지나자 어색함이 흐르기 시작했다.

사막 오크들은 아르케디아인들을 바라보다가 사막에 드롭되어 있는 수많은 아이템으로 시선을 옮겼다.

"저것들 모두 탐욕의 신께 제물로 바쳐야 한다! 하나도 남김

없이 회수하라!"

"우라!"

"마력 코인! 마력 코인!"

사막 오크 족장이 그렇게 외치자 사막 오크들이 전갈 위에 올라타며 빠르게 아이템을 회수하기 시작했다.

아르케디아인들은 그것을 지켜보고 있을 수밖에 없었다.

신성이 눈치를 주자 사막 오크들은 순식간에 아이템을 회수하곤 그대로 사라졌다. 그들은 이곳에 남아 있기보다는 빨리 재물을 바치는 것이 신성을 기쁘게 하는 것임을 아주 잘 알고 있었다.

"어쨌든 첫 번째 메인 퀘스트가 해결되었군요."

"처음부터 정신이 없기는 했지만 어쨌든 결과가 좋으니 다행이야."

"네, 이렇게 정신없는 모험은 처음이었습니다."

신성은 신성한 테이밍 코인을 인벤토리에 넣으며 피식 웃었다. 김수정도 미소를 그렸다.

아르케디아인들의 시선을 피하며 뽀삐를 타고 물러날 때였다.

[부작용이 적용됩니다.]

버프 효과가 끝나며 부작용이 적용되기 시작했다.

신성은 고개를 돌려 아르케디아인들을 바라보았다. 아르케디아인들은 몸을 흠칫 떨다가 얼굴을 붉혔다. 남녀 엘프가 서로 눈이 마주치더니 은근슬쩍 손을 잡으면서 핑크빛 분위기를 만들어냈다. 브레스에 닿지 않은 에르소나와 간부들이 핑크빛 기류가 감도는 기이한 광경을 멍하니 바라보았다. 그녀는 이제 상황을 이해하는 것을 포기한 듯 보였다.

아르케디아에 수많은 커플이 탄생하는 순간이었다.

[사랑의 힘으로 신도들이 늘어났습니다.]
[루나가 기뻐하며 그들을 축복해줍니다.]

새로운 신도
*하이엘프 : 4명
*엘프 : 132명
[드래곤 레어, 또는 신전에서 신도의 기도를 들을 수 있습니다.]
[신도들의 소원을 신앙심(마력 코인)을 소모하여 들어줄 수 있습니다. 신도들의 소원들 들어주면 신성에 관한 경험치를 획득하여 신성을 높일 수 있습니다.]

신성은 정보창을 바라보다가 고개를 돌렸다. 부서진 양손

도끼를 들고 있는 가르딘이 신성의 옆에 나타나며 아르케디아
인들을 바라보았다.

"음, 번식! 번식이다!"

가르딘이 아르케디아인들을 가리키며 말했다.

"일단… 오크 마을로 가자."

"…알겠습니다."

신성이 시선을 돌리며 말하자 김수정도 잠시 침묵을 지키
다가 고개를 끄덕였다.

*   *   *

아르케 넷은 온통 사막에의 일로 뜨거웠다. 수호자 길드를
포함한 대형 길드들이 레드 소드에게 전쟁을 선포했고, 그들
이 한 악행을 모두 조사해 아르케 넷에 올렸다. 많은 아르케
디아인들이 격분할 수밖에 없는 일이었다.

김수정을 통해 통신석을 은근슬쩍 에르소나 쪽으로 흘려
준 결과였다.

레드 소드의 잔당들은 세이프리로 돌아오지 않고 반항했지
만 수호자 길드와 대형 길드 연합에 의해 대부분이 제압당했
다. 그것이 서울에서 일어난 공식적인 첫 번째 길드전이었다.

도망간 레드 소드의 간부진이 아직 잡히지 않고 있지만 그

것도 시간문제일 것이다. 이미 세이프리에 있던 레드 소드의 기반은 모두 조각나 수호자 길드 및 피해 길드들에게로 흡수되었다.

지금 아르케 넷은 그야말로 혼란 그 자체였다.

마신, 사막 오크, 포식의 거미, 마력 황금, 구세주처럼 나타난 빛, 탐욕의 신, 레드 소드의 악행, 그리고 폭발적으로 증가한 엘프 커플들.

한꺼번에 너무나 많은 일이 발생해서 온통 혼란만이 가득했다. 에르소나 측은 그 일에 대해서 언급하지 않았고 조용한 가운데 추측만이 난무할 뿐이었다.

아르케 넷에서 탐욕의 신에 대한 이야기가 끊임없이 언급되고 있지만 자세히 알려진 것은 없었다. 다만 탐욕의 신을 믿는 엘프들 사이에서 사랑은 탐욕스럽게 쟁취하는 것이라는 교리가 나올 뿐이었다. 벌써 최초의 아르케디아인 결혼이라는 이야기가 나오며 세이프리를 뜨겁게 달구고 있었다.

그 밖에도 많은 일이 발생하고 있었지만 신성은 신경 쓰지 않았다. 복잡한 일들이야 대형 길드에서 알아서 할 것이고 자신은 그저 수확물을 확인하며 한가로운 시간을 보내면 되었다.

"좋아."

신성은 사막 오크 마을에서 쉬며 이번 마석 원정에서 획득한 수확물을 확인하고 있었다. 인벤토리를 가득 채운 황금을 보는 순간 미소가 지어질 수밖에 없었다. 이것을 마력 코인으로 가공한다면 얼마나 많은 마력 코인이 쏟아져 나올지 무척이나 기대되었다. 마력 황금은 그 자체로도 무척이나 좋은 재료라 다른 형태로도 가공할 수 있었다.

'레벨 업도 엄청나군.'

몇 번이나 목숨이 위험하던 값어치로는 충분했다.

그 난리통에서 신성의 레벨은 포식의 거미와 같은 42에 도달했다. 스킬 포인트도 대량으로 획득해서 신성은 대단히 즐거운 상태였다. 김수정 역시 엄청나게 레벨이 많이 올라 36에 이르렀다. 아마 현 시점에서 신성과 김수정의 레벨이 제일 높을 것이다.

신성은 신성 마법을 제외한 모든 스킬에 균등하게 투자해 이제 신성의 스킬 모두 D-에 도달했다. 신성 마법은 루나에게 가르침을 꾸준히 받으면 되니 스킬 포인트를 투자할 필요가 없었다.

'마석이 사라지면 큰 변화가 일어나겠지.'

본격적인 시작이었다.

여러 비활성 마석들이 등장하며 레벨을 올릴 수 있는 사냥 터가 지금보다 훨씬 다양해지고 많아질 것이다. 다른 도시들이 어떻게 나타날 것인지가 문제이기는 한데 그 부분은 직접 경험해 보는 수밖에 없었다.

게임에서와 같이 표현하자면 곧 대규모 패치가 이루어질 예정이라는 표현이 적절할 것이다.

신성이 잠시 생각에 빠져 있을 때 김수정이 다가왔다. 그녀는 가벼운 차림으로 평범한 티셔츠에 반바지를 입고 있었다. 세면도구를 들고 있는 모습은 다크엘프의 모습과 어울리지 않았다.

"아! 마스터, 작업 지시가 끝났습니다. 내일부터 황금에 대한 탐사가 시작될 것입니다. 그, 음, 오늘은 아무래도……."

"알고 있어. 뭐… 오크들에게는 좋은 일이지."

"네, 그, 그렇습니다. 조금 덥군요."

협곡은 후끈한 열기로 가득 차 있었다.

사막 오크들도 부작용의 영향으로 많은 사랑이 싹텄다. 오크 족장은 부족의 숫자가 늘어날 거라고 무척이나 좋아했다.

신성은 김수정의 말에 피식 웃으며 고개를 끄덕였다.

아무튼 마석이 사라지기까지 이제 이틀이 남았다. 아르케디아인 대부분은 철수했고 자원을 캐느라 남아 있던 자들도 철수하는 중이었다.

마석이 사라지면 이곳으로 아르케디아인은 올 수 없었다. 하지만 신성은 드래곤 레어에서 신앙심(마력 코인)을 소모해 이곳과 연결할 수 있었다. 직접 오는 것이 불가능하더라도 계시를 내린다면 충분히 대화가 이루어질 수 있었다.

'교단이 더 커졌군.'

의도하지는 않았지만 계속해서 성장 중이었다.

신성은 오아시스로 다가가 정보창을 열었다. 오아시스는 신전과 같은 역할을 하므로 탐욕의 교단에 대한 정보를 볼 수 있었다.

[티]탐욕의 교단(하급)

주신 : 탐욕의 신(하급)

반려신 : 루나(상급)

교단의 수호자 : [드래곤 나이트] 김수정

교주 : [탐욕의 사막 오크 족장] 라딘

보유 신수 : 미등록

고위 신도

*[사랑에 빠진] 김민지(하이엘프)

기도로 기부한 신앙심(마력 코인) : 20KC

*[사랑 중] 케이트(하이엘프)

기도로 기부한 신앙심(마력 코인) : 10KC

[고위 신도는 탐욕의 신이 특별한 축복을 내려 더 강력한 버프 효과를 받습니다. 더 많은 신앙심을 기부할수록 버프 효과는 강해집니다.]

신도
*사막 오크 : 5,330명
*하이엘프 : 5명(증가 중)
*엘프 : 224명(증가 중)
현재 신앙심(마력 코인) : 30KC+28KC/월

교단의 랭크가 오르자 하급 교단으로 승급했다. 하급 교단은 정식적으로 도시에 기도원이나 신전을 세울 수 있었다.

[무료 소원, 수신 거부 중]
[새로운 유료 소원이 도착하였습니다.]

NEW! 하급 소원(신앙심 1KC)

신성이 교단의 정보를 확인하고 있을 때 마력 코인과 함께 소원이 도착했다. 탐욕의 신을 모시는 자답게 신앙심을 바치는 것을 잊지 않고 있었다.

신성은 소원이라고 적혀 있는 편지 모양의 아이콘을 눌러보았다. 그러자 정보창이 떠올랐다.

[3번 연속 강화에 실패한] 엘렌(엘프)(21세)(男)

"탐욕의 신님, 이번에 다시 8강에 도전합니다. 부디 8강을 찍을 수 있도록 축복해 주세요. 8강을 찍게 되면 더 많은 정성을 보이겠습니다. 제발 부탁드려요."

보상 스킬 포인트(신성) : 5P

엘렌의 간절한 목소리가 재생되었다. 옆에 있던 김수정에게도 들리는지 김수정이 신성을 바라보았다.

"절실함이 느껴지네요."

"아무리 캐시 아이템을 처발라도 될 놈은 되고 안 될 놈은 안 되는 것이 현실이지."

"마케팅 차원에서 도와주시는 것도 나쁘지는 않을 것 같습니다."

김수정의 말도 일리가 있었다. 신도들이 늘어나면 달마다 획득하는 신앙심(마력 코인)도 늘어났으니 말이다. 들어줄 수

있는 소원에는 분명히 한계가 있었지만 축복 정도는 신앙심을
소모해 내려줄 수 있었다.

[T]탐욕의 축복
신앙심(마력 코인)을 이용해 내리는 축복
일시적으로 행운이 100 상승한다.
*소모 신앙심 : 800C

신앙심이 마력 코인인 덕분에 신성이 손해 본 것은 없었다.
오히려 200C를 받으며 축복을 내려줄 수 있었다.

그야말로 탐욕의 신다운 효율이었다.

신성이 마력 코인을 지급하자 소원 아이콘이 빛이 나면서
사라졌다. 행운을 올려줬으니 나머지는 엘렌의 손에 달려 있
었다.

엘렌이 될 놈이라면 8강을 띄울 수 있을 것이다.

'그러고 보니 신수가 있었지.'

신성은 인벤토리에서 신성한 테이밍 코인을 꺼냈다. 신전에
등록하기 위해서였다. 인벤토리에 가만히 묵혀놓는 것보다는
훨씬 나을 것이다.

교단에 등록하자 신성한 테이밍 코인이 공중으로 떠오르더
니 오아시스 안으로 사라졌다. 오아시스 밑에서 천천히 올라

오기 시작한 거대한 그림자가 보였다.

화려하게 물기둥이 치솟았다. 등장한 포식의 거미는 이제 포식의 거미가 아니었다. 크기는 예전에 비해 작아졌지만 보석과도 같이 빛나는 흰색 껍질은 너무나 아름다웠다. 눈동자는 탐욕의 교단을 상징하는 황금빛으로 물들어 있었다.

[D]신성한 탐욕의 거미(보스)(탑승)(공성)

신의 힘으로 재탄생된 신수. 신성 속성을 띤다. 황금을 무서워하는 성격은 완전히 반전되어 황금을 무척이나 좋아하게 되었다. 탐욕의 신이 임명한 신수답게 값비싼 모든 것들을 좋아한다. 마력 황금을 먹어치워 신성력이 담긴 황금 비단을 만들어내는 능력이 있다.

*[C]황금 탐지 : 황금을 탐지하는 능력.

*[C]황금 거미줄 : 마력 황금을 먹어치워 황금 비단을 만든다.

*[D-]신의 부름 : 사막에 한정하여 신성한 탐욕의 거미를 소환할 수 있다. 막대한 신앙심(마력 코인)을 투자한다면 다른 환경에서도 소환하여 유지할 수 있다.

탐욕의 거미는 사막에서만 살 수 있는 생명체였다. 다른 곳으로 가게 되면 적응하지 못하는 것으로 보였다. 드래곤 레어에 둘 생각도 있었지만 그것은 확실히 어려워 보였다. 굳이 마력 코인을 소모하며 유지시킬 이유가 없었다.

'아쉽기는 하지만……'

황금 비단을 생산할 수 있다는 것은 가장 큰 이점이었다. 황금 비단으로 만들 수 있는 아이템은 매우 많았다. 연금술사, 재봉사뿐만 아니라 대장장이까지 탐내는 아이템이었다. 첫 메인 퀘스트가 완료되었으니 많은 재료가 세이프리에 유통될 것이고 고급 아이템도 출몰할 것이다.

황금 비단은 그 흐름에 적합한 재료였다.

보통 황금 비단은 여러 장인이 집단으로 모여 만들어야 하는 것이었다. 높은 랭크의 기술로 마력 황금을 제련해서 실을 뽑는 것이었지만 탐욕의 거미 덕분에 그런 수고 없이 많은 양을 뽑아낼 수 있을 것 같았다.

신성이 탐욕의 거미를 향해 손을 뻗자 탐욕의 거미가 고개를 낮추며 머리를 내밀었다.

탐욕의 거미가 사막 오크들을 지켜줄 것이다. 그리고 그의 황금을 지켜줄 것이다.

"오크들을 도와 황금을 찾아내."

"그르르!"

탐욕의 거미가 알겠다는 듯 울음소리를 뱉으며 몸을 일으켰다. 탐욕의 거미가 오아시스 밖으로 나오자 거미의 몸에 고여 있던 물이 폭포수처럼 쏟아졌다.

협곡을 타고 넘으며 빠르게 사라졌다.

이제 이곳에서의 모든 일정이 끝났다. 계획대로 일이 풀린 것은 아니었지만 어쨌든 원한 것은 모두 얻을 수 있었다. 죽을 고생을 하며 포식의 거미를 잡은 것이 큰 이득이 되어 돌아왔다. 오크들이 제물로 바치고 있는 수많은 아이템도 드래곤 레어의 창고에 잘 쌓이고 있을 것이다.

'창고가 좁으니 돌아가는 즉시 드래곤 레어를 업그레이드해야겠어.'

벽돌집도 나름 괜찮기는 했지만, 더 많은 보물을 수용하려면 더 큰 규모의 드래곤 레어가 필요했다.

할 일이 너무 많았다. 일손도 많이 부족했다.

김수정이 자신의 사람이 되어주었으니 한시름 덜었다고 할 수 있었다.

'전문적인 상인이 있다면 좋겠는데……'

신성은 여러 가지 사업을 구상 중이었는데 그 혼자 감당하기에는 벅찼다. 루나에게 시킬 일은 없을 테지만 만약 그녀가 장사를 하면 분명 손해를 보면서 아이템을 퍼줄 것이다. 김수정도 암살이나 정보 수집에 특화되어 있을 뿐이라 사업적인 수완이 있어 보이지는 않았다.

신성이 여러모로 고민하는 부분이다.

신성은 고개를 저으며 고민을 털어냈다. 계속 나아가다 보면 방법이 나올 것이다.

'이제⋯⋯.'

가장 큰 즐거움이 남아 있었다. 바로 황금을 가득 안고 집으로 돌아가는 일이었다.

* * *

오크 마을에서 나온 신성과 김수정은 부서져 내리고 있는 마석 앞에 도착했다. 밖으로 나가면 이제 마석을 통해 이곳으로 들어올 수 없었다. 뽀삐가 눈물을 흘리며 김수정의 손에 얼굴을 비볐다. 김수정도 데려가고 싶어했지만 안타깝게도 뽀삐는 마석 밖으로 나갈 수 없었다.

가르딘과 사막 오크들이 마석 바로 앞까지 배웅해 주었다.

"가르딘, 뽀삐를 잘 부탁드립니다."

"알았다!"

"그리고 이건 선물입니다."

김수정은 인벤토리를 뒤지다가 선글라스를 꺼내 가르딘에게 건넸다. 가르딘이 눈을 깜빡이며 그것을 바라보자 김수정이 웃음을 흘리며 선글라스를 씌워주었다.

"오! 좋다! 눈, 편하다!"

선글라스가 마음에 드는 듯 가르딘이 흥분하며 소리쳤다. 주변에 사막 오크들이 부러운 눈으로 가르딘을 바라보았다. 선글라스를 끼고 있는 오크의 모습은 상당히 독특했다. 잘 어울리지 않을 것 같으면서도 묘하게 어울렸다.

"나도 준다, 선물."

가르딘이 손짓하자 사막 오크들이 커다란 바구니를 들고 왔다. 오아시스에서 제일 맛있는 과일만을 골라 담아온 것이다. 김수정은 감동한 듯 눈물을 글썽였다.

가르딘은 짧은 시간이었지만 수많은 위기를 같이 극복해 온 동료였다. 헤어짐이 아쉽게 느껴지는 것은 당연했다.

오크들은 순박한 미소를 지으며 손을 흔들었다. 신성과 김수정은 오크들과 작별하고 마석 밖으로 나왔다.

마석 밖으로 나오자 의외의 풍경이 펼쳐져 있다.

"와아아!"

마석 주변으로 접근하지는 못했지만 많은 사람들이 멀리서 환호하고 있었다. 마석 주변에서 철수를 하는 아르케디아인들을 향해 박수를 쳐주고 있었다. 그리고 그들을 취재를 하고 있는 기자들도 많았다.

김수정이 아르케 넷에 접속해 알아보니 마석이 사라지는 날에 이곳에서 축제가 있을 것이라 한다. 그것은 마석 토벌이 시작되기 전에 계획된 일이었다.

일반인은 참여할 수 없었지만 한국 정부, 그리고 세계 여러 나라의 고위 인사들, 그리고 세계 굴지의 대기업이 참여하는 축제였다.

아르케디아인과 정부가 처음으로 같이 주관하는 행사였다. 그것을 기점으로 아르케디아인에 대한 퍼주기 정책이 시작되려는 조짐이 보였다.

현재는 반발을 잠재우기 위해 아르케디아인에 대한 긍정적인 이미지를 만들고 있었다.

'좋은 변화일까, 아니면……'

물론 축제는 즐거운 일이다.

첫 위기를 잘 넘긴 만큼 앞으로도 잘해보자는 의미를 부여할 수 있었다.

물론 물밑으로는 정부 측과 세계 각국의 눈치가 오가고 대기업들의 로비가 오갈 테지만 결코 아르케디아인들에게 손해는 없을 것이다.

하이엘프의 눈은 속일 수 없었고 다른 상위 종족들도 마찬가지였다.

"수고했어. 돌아가자."

"네?"

"드래곤 레어로 가야지. 음, 불편하면……"

"아닙니다! 빨리 출발하죠!"

김수정이 빠르게 대답했다. 김수정은 드래곤 레어로 가자
는 신성의 말이 유난히 달콤하게 느껴졌다. 드래곤 나이트가
드래곤 레어에 머무는 것은 당연했지만 김수정은 왠지 기분
이 묘했다.

그녀에게 새로운 집이 생긴 것이다.

CHAPTER 5
채용 공고

신성은 바로 세이프리로 돌아왔다. 마석이 힘을 잃어 그 주변은 모두 세이프리의 영향권 안으로 들어가게 되었다. 마석이 완전히 사라진다면 그곳에 부활석을 설치하여 주변에 나타날 비활성 마석은 이제 두렵지 않게 될 것이다.

메인 퀘스트의 무대가 되는 마석은 부활석의 영향을 받지 않겠지만 비활성 마석 정도는 누구나 정복할 수 있는 길이 열렸다.

'세이프리의 소속, 그리고 세이프리의 영향권 아래에서만 가능하다는 조건이 붙기는 하지만… 그것만으로도 대단한

거겠지.'

물론 부활석의 랭크에 따라 부활에는 분명 한계가 있었다. 그래도 죽어도 되살아날 수 있다는 점은 많은 아르케디아인들을 열광하게 할 것이 분명했다. 전선에 나오지 못하고 있는 자들이 대규모로 몰려올 가능성이 컸다.

생산계 유저들과 상인들은 벌써 그 상황을 예측하며 그들에게 팔 초급 아이템들을 만들고 있었다. 루나교에서는 전선 합류를 격려하기 위해 포션의 일정량을 무료로 제공하기로 했고, 여러 대형 길드들은 길드원 확보를 위해 20레벨까지 비활성 마석을 통한 버스 계획까지 만들고 있었다.

부활석 하나가 가지고 올 변화는 무척이나 컸다. 좋으나 싫으나 지구는 아주 많이 변할 것이다.

"모두 바쁘군요."

"아르케디아 온라인에서도 축제 전날에는 늘 바빴잖아."

"네, 그날만큼은 모두가 즐겼죠."

김수정의 말대로 세이프리는 바빴다. 하루 뒤에 있을 마석 소멸 축제 준비에 한창이었다. 아마 축제 기간 동안 대규모 노점이 꾸려질 것이다.

축제가 시작되는 당일, 마력 코인의 환전에 대한 발표가 있을 것이라고 알려져 있었다.

공식적으로 환율에 따라 지구의 돈과 교환할 수 있게 되는 것이다. 물론 레벨이 높은 자들은 마력 코인의 값어치를 알기에 환전하지 않겠지만 당장 생활하는 데 돈이 필요한 초보 아르케디아인들에게는 대단히 좋은 이야기였다.

신분증 문제에 대해서도 이미 협상이 완료되어 발표만을 남겨두고 있었다.

사회는 변화에 맞춰 급격히 변해가고 있었다. 변하지 않으면 죽는다는 것을 세계의 수뇌부는 파악하고 있었다. 인류가 멸망해도 아르케디아인들은 멸망하지 않으니 변해야 하는 것은 세계였다.

"어찌 되었든 공식적인 첫 승리야. 기념할 만하지."

"과정이 요란했지만… 이긴 것은 맞겠지요."

"뭐, 결과도 무척이나 중요하니까. 대대적인 선전을 하지 않는 것을 보면 그래도 양심이 있군."

아르케디아인들의 공이 있다면 포식의 거미를 잡은 것뿐인지도 몰랐다. 따지고 보면 포식의 거미, 사막 오크, 그리고 신성이 태워준 버스였다. 레드 소드의 음모로부터 구해주기까지 했다.

아마 에르소나는 자존심이 무척이나 상해 있을 것이다.

마석의 수호자를 없애고 지지 기반을 확실히 다지려 했지만 얻은 것은 그다지 없었다. 경험치도 그리 많이 확보하지 못했고 고블린들이 떨군 고급 아이템은 오크들의 활약으로 구경도 못 했다. 게다가 신성에게 빚을 졌다. 확실히 불리한 상황에서 구해줬으니 에르소나는 생각이 복잡할 것이다.

'레드 소드 건도 있고 나에게 큰 빚을 졌다고 생각하겠지.'

어떤 식으로 갚을지 기대가 되는 신성이다. 에르소나는 그런 면에서는 확실하니 말이다.

신성은 인적이 드문 곳으로 가서 포탈을 열었다. 김수정과 함께 포탈 안으로 들어가자 따듯한 느낌의 벽돌집이 있는 숲에 도착했다.

드래곤 레어였다.

보통 드래곤 레어를 떠올리면 음습한 동굴이나 던전을 생각하겠지만 이곳은 동화 속에나 나올 법한 환상적인 광경을 자랑했다.

"여기가… 드래곤 레어?"

김수정은 감탄을 내뱉었다.

곡괭이를 들고 있던 빅 베어가 신성을 발견하자 손을 흔들었다. 골드래빗과 레드래빗도 잠시 멈춰 서더니 반갑다는 듯인사를 했다. 그러다가 골드래빗이 김수정을 보고는 고개를 설레설레 저었다.

노동 지옥에 온 불쌍한 후임에 대한 동정이 잔뜩 묻어나 있었다.

"모, 몬스터네요?"

"음, 일꾼들이야. 한 식구지."

"그, 그렇습니까? 과연 드래곤의 클래스는 역시……."

김수정은 귀여운 일꾼들의 모습에 눈을 떼지 못했다. 그때 벽돌집의 문이 열리면서 누군가 빠르게 튀어나왔다. 바로 루나였다.

"신성 님!"

앞치마를 두르고 오븐 장갑을 끼고 있는 루나가 신성에게 뛰어왔다. 여기저기 그을린 자국이 보였다.

루나는 신성에게 달려들어 그대로 안겼다.

김수정은 루나를 보자마자 그대로 굳어버렸다.

"루, 루, 루나 님?!"

"어?"

김수정이 신성에게 얼굴을 비비는 루나를 보고는 입을 떠억 벌렸다. 루나는 잠시 눈을 동그랗게 뜨며 김수정을 바라보다가 눈을 반짝였다.

"와! 드디어 동료가 생겼네요!"

"도, 동료요? 제가 어찌 감히……."

"드래곤 나이트잖아요! 저도 비슷하답니다! 우리는 자매나 마찬가지예요!"

"네?"

김수정은 설명해 달라는 듯 신성을 바라보았다. 신성은 설명하기가 난감에 그저 어깨를 으쓱할 뿐이었다.

"제가 안내해 드릴게요!"

"네? 아, 아니요. 괘, 괜찮……."

"자, 가요! 제가 요즘 밭을 갈고 있는데 거기부터 가도록 하죠!"

"바, 밭이요? 루나 님께서 밭을?!"

김수정이 보아온 루나는 보는 것만으로도 황홀할 정도로 아름다운 신의 모습이었다. 절로 동경하는 마음을 가지게 해 주는 그러한 존재였다. 그녀가 있기에 여기까지 올 수 있었다고 해도 틀린 말은 아닐 것이다.

루나의 친화력은 대단했다.

루나는 장갑을 벗어던지고 김수정을 손을 잡아끌며 드래곤 레어를 안내해 주기 시작했다. 환한 미소를 지으며 신나게 재잘재잘 설명하는 루나를 김수정은 결코 모른 척할 수 없었다. 김수정은 난감한 표정을 지었다가 결국 그녀의 이야기를 들어주며 맞장구를 쳐주었다.

신성은 그녀들을 바라보다가 드래곤 레어 안으로 들어갔다.

'마음이 안정되네.'

나가면 고생이고 역시 집이 최고였다. 그냥 영원히 집에서 황금을 만지며 빈둥거리고 싶은 신성이다.

식탁 위의 빵이 보인다. 루나가 신성이 도착할 것을 예상하고 구운 것이다.

신성은 빵 하나를 그 자리에서 먹고는 부드러운 미소를 지었다.

'시작하자.'

드래곤 레어, 그리고 세이프리의 일이 쌓여 있었다.

신성은 일단 벽돌집 한쪽에 위치한 창고로 향했다. 토벌대 보상 순위는 신성이 압도적인 1위였기에 [E]보스 무기 상자와 더불어 희귀 재료를 받을 수 있었다. 마력 황금과 획득한 아이템을 창고에 놓기 위해서 간 것이다.

창고는 공방 옆에 붙어 있었는데 문이 굳게 닫혀 있었다. 신성이 창고의 문을 연 순간이다.

우르르르!

"윽!"

창고의 문이 박살 나며 그대로 수많은 아이템이 쏟아져 나오며 신성의 몸을 묻어버렸다.

콰앙!

아이템들은 그대로 공방을 지나 레어 밖으로 향하는 문까지 박살 냈다.

"시, 신성 님!?"

"마스터?!"

루나와 김수정이 놀라며 달려왔다. 레어를 꽉 채운 아이템에 깔려 있던 신성이 몸을 일으켰다. 하급 마정석들이 우수수 떨어졌고, 각종 무기가 쏟아져 내렸다.

사막 오크들은 일을 너무 잘했다. 회수한 아이템을 모조리 신성에게 바친 결과였다.

"이, 이게 어찌 된 건가요?"

"이번 마석 원정의 획득물입니다."

"이 정도 양이면⋯ 도대체 무슨 일이 있던 건가요?"

"⋯이야기하자면 상당히 복잡합니다."

루나의 말에 김수정은 슬쩍 시선을 피하며 대답했다. 아무래도 신의 눈으로 보기에는 지나쳐 보일 수가 있기 때문이다. 하지만 루나 역시 보통이 아니었다.

"우리 부자가 되었네요!"

"황금을 보면 더 놀랄 텐데."

"황금이요?"

신성이 그렇게 말하자 루나는 초롱초롱한 눈으로 신성을 바라보았다. 신성은 기왕 이렇게 된 거 더 가보자는 마음에 인벤토리에 있는 황금을 모두 쏟아냈다. 김수정도 피식 웃고는 인벤토리를 털털 털었다. 수많은 아이템과 마력 황금이 드래곤 레어를 가득 채웠다.

루나의 눈이 크게 떠졌다. 그녀는 혼이 나가 버린 듯 그대로 굳어서 아무 말도 하지 못했다. 늘 소박한 삶을 살아오던 루나에게는 너무나 큰 충격이었다.

"반짝반짝… 멋져……."

루나는 엄청난 감동을 받은 것 같았다. 김수정도 감탄했다. 이렇게 꺼내놓으니 그 광경이 그야말로 대단했다. 신성도 흐뭇한 미소를 짓다가 이걸 어떻게 정리해야 할지 막막해 난감함을 느꼈다.

'일단 레어 확장부터 해야겠군.'

그래야 아이템을 수용할 공간이 나올 것 같았다. 신성은 드래곤 레어의 정보창을 불러왔다. 다양한 레어가 있었지만 신성은 과감히 제일 비싼 것을 선택해 눌러보았다.

[T]드래곤의 저택

제법 그럴듯한 저택.

고급 재료로 드워프들이 만들었다. 여기저기 노동력을 착취한 흔적이 보인다. 여러 가지 부가 시설을 추가로 설치할 수 있다.

가격 : 200KC

가격이 대단히 높았다. 손이 후들후들 떨릴 정도였다. 그러나 신성에게는 마력 황금과 많은 아이템이 있었다.

이 정도는 사치도 아닐 것이다.

일단 세이프리에서 받은 배당금과 기존에 있던 마력 코인을 합쳐 드래곤의 저택을 구매했다.

휘이이이!

구매하는 순간 벽돌집에서 빛이 터져 나오며 소환진이 만들어졌다. 소환진의 크기는 대단히 컸다. 모두 뒤로 크게 물러나 저택이 소환되는 광경을 바라보았다.

두드드드드!

빛무리가 사라지고 저택이 모습을 드러냈다.

모두 멍하니 저택을 바라볼 수밖에 없었다. 저택은 벽돌집의 몇 배나 될 정도로 규모가 컸다. 귀족이 살 것 같은 아름다운 모습에 신성의 입가에 절로 미소가 지어졌다.

'200KC의 값어치는 하네.'

텃밭은 자동으로 앞마당에 정렬되었고, 아이템은 다행히 창고로 모두 들어갔다. 창고도 크게 확장되어 아이템과 황금을 모두 수용하고도 남을 정도였다. 마구 섞인 아이템을 분류해 정리하려면 꽤 시간이 걸릴 것 같았다.

[드래곤 레어가 업그레이드되었습니다.]

*드래곤 상점에서 저택을 꾸밀 수 있습니다.

*수영장, 목욕탕, 정원 등 여러 가지 부가 시설을 구입할 수 있습니다.

*소환진을 설치할 수 있습니다.

신성은 저택을 바라보았다.

얼마 전까지만 해도 원룸에서 살고 있던 신성이다. 이런 커다란 저택이 자신의 것이라 생각하니 감동이 밀려왔다.

"신성 님, 드래곤은 정말 멋진 것 같아요."

"과연 스케일이 다르군요."

넋을 잃은 루나와 김수정의 목소리가 들려왔다.

*   *   *

드래곤의 저택을 얻은 신성은 부가 시설 중 대형 목욕탕을 설치했다. 벽돌집의 욕실이 무척이나 불편한 것이 떠올랐기에 과감히 투자한 것이다. 대형 목욕탕은 무척이나 컸는데 피부와 건강에 좋은 약수가 뿜어져 나왔다.

루나와 김수정이 무척이나 기뻐하며 목욕을 즐겼다. 김수정은 레드레빗을 은근슬쩍 끌어안고 목욕탕으로 들어갔다. 그녀는 귀여운 것을 대단히 좋아했다.

신성은 현재 저택에 마련되어 있는 집무실에서 업무를 보는 중이다. 집무실에서 드래곤 레어, 세이프리에 관한 모든 일을 처리할 수 있었다.

일단 마력 황금을 이용하여 1,000KC의 용량을 지닌 골드 코인 몇 개를 만들었다. 전환율은 조금 떨어졌지만 당장 필요한 마력 코인을 풍족하게 충당할 수 있었다. 황금이 무척이나 많이 남아 있기는 하지만 앞으로 세이프리에 투자할 것이 많았기에 함부로 사용할 수 없었다.

'무역을 위한 하급 비공정만 해도 2,000KC가 넘어가니……'

유지비도 어마어마했다. 대도시에서 대도시로의 이동은 포탈을 통해 가능했지만 도시에서 지역 마을로의 이동은 도보나 탈것을 이용했다. 현실이 된 지금은 비공정이 제일 좋은 대체 수단이었다.

일단 세이프리의 마도 공학 레벨을 올려야 했다. 그리고 세계수를 키워야 했다. 아직은 시기상조지만 미리 준비해서 나쁠 것은 없었다. 신성은 벌어들인 만큼 과감한 투자를 할 생각이다.

그 결과는 미래의 마력 코인이 증명해 줄 것이다.

'일손이 필요해. 이 넓은 저택을 관리하려면.'

메이드를 고용하면 어느 정도는 해결될 것 같았다.

저택 앞에 특전 보상으로 풀린 소환진을 설치하자 고용 노동소를 통해 메이드 채용 공고를 낼 수 있었다.

'채용 공고? 그냥 소환하는 것이 아니군.'

채용 공고를 내면 드래곤의 창고, 혹은 던전에 있던 존재들이 깨어나 소환진을 통해 이력서를 전송할 수 있었다.

당연히 면접, 연봉 협상도 해야 했다.

드래곤은 자신의 사람들에 대해서는 대단히 존중해 주는 편인 것 같았다. 더 좋은 조건이라면 언제든 다른 곳으로 이동할 수 있게 배려해 준 흔적이 보였다.

'메이드 급구, 신입 가능, 복리 후생 보장. 이렇게 하면 되려나?'

집무실에서 드래곤 레어의 모든 일을 총괄할 수 있었기에 신성은 고용 노동소의 창을 열고 소환진에 채용 공고를 보냈다.

화르르륵!

소환진을 통해 채용 공고를 내자마자 바로 신성의 책상 위에 이력서가 쌓이기 시작했다.

"……."

드래곤 창고나 던전에 잠들어 있는 것보다는 이곳의 생활이 훨씬 쾌적하기에 이력서는 아주 많이 쌓이고 있었다.

슬라임, 골렘, 미노타우로스, 세이렌에 이르기까지 대단히 다양한 종족이 지원했다. 채용 공고를 낸 존재는 신성이 유일했기에 일어난 결과였다.

그야말로 취업난이었다.

신성은 차분하게 이력서를 살펴보았다.

[D]인형 메이드(인공 생명체)(신입)

드래곤 로드가 만들고 봉인해 놓은 인공 생명체.

마도 공학의 정수가 담겨 있다. 드래곤 로드는 마족의 종족 중 하나인 서큐버스의 모습에 감동하여 그 모습 그대로 재현해 냈다. 그의 집념은 인형을 뛰어넘은 인공 생명체를 만들어낼 수준이다. 인형 메이드는 청소, 잡일뿐만 아니라 전투에 이르기까지 완벽한 모습을 보여줄 것이다.

인형 메이드를 움직이게 하는 동력원은 마력 코인이기 때문에 월급 이외에 별도의 유지비가 든다.

보유 스킬

[A]저택 관리, [A]메이드의 일, [C]근접 전투 기술, [C]저택 경비, [C]일꾼 정령 소환, [E]정보 수집

*고용 노동소에서 작업 지시가 가능합니다.

*보모로 임명하면 드래곤 레어의 전문 지식이 부여됩니다.

자기소개 및 각오

일 잘함. 채용 요망.

유지비 : 3KC/월(별도).

월급 : 면접 후 협상 가능.

다른 이들이 자기소개서를 빽빽하게 써낸 것에 비해 인형 메이드는 딱 한 줄뿐이었다.

"음……."

실력에 대한 자신감일까?

건방진 특색이 있었다.

*   *   *

신성은 이력서를 검토했다. 자기소개서에는 모두 간절한 마음이 담겨 있었다. 이번 기회를 놓치면 다음 기회가 언제 찾아올지 모르기 때문이다. 아르케디아 온라인에서는 드래곤은 사라진 종족이었고, 용신이 나타나기 전까지는 등장하지 않았다.

"뭐 하세요?"

"일 좀 하고 있어."

루나가 열려 있는 집무실 문틈으로 고개를 내밀어 바라보았다. 신성은 손에 들고 있던 이력서 뭉치를 내리고는 루나와 눈을 맞췄다. 루나가 환한 미소를 지으며 집무실 안으로 들어왔다.

은은한 샴푸 냄새가 났다. 신성의 발달한 후각에 달콤한 살결의 향기가 맡아졌다.

목욕을 마친 루나는 현대적인 복장을 하고 있었다.

김수정이 준 것인지 파자마 차림이다. 집무실은 가구가 없어 무척이나 휑했지만 그녀가 들어오자 꽉 찬 느낌이 들었다.

"수정이가 선물해 줬어요. 신기한 걸 많이 가지고 있더라고요."

"그래?"

목욕을 하며 친해졌는지 말을 놓은 것으로 보였다. 파자마가 편한지 루나는 그 자리에서 빙글 돌며 두 팔을 벌려 보였다. 확실히 그녀가 늘 입고 있던 복장보다는 편해 보였다.

"목욕탕은 어때?"

"천국이었어요. 다음에는 같이해요."

"음……."

거절하지 못하는 신성이다. 루나가 신성의 곁으로 다가왔다.

"이력서네요?"

"응, 저택 관리를 맡길 메이드를 고용하려고. 아무래도 전문적인 관리가 필요할 것 같아."

"그래요? 그럼 같이 봐요."

신성이 옆으로 조금 비키자 루나가 다가와 앉았다. 집무실 의자는 넓은 편이었지만 둘이 앉으니 꽉 끼는 느낌이다. 그러나 그것이 나쁘게 느껴지지 않았다.

루나는 신성의 어깨에 머리를 기댄 채 이력서를 살펴보았다.

"케르베로스 씨는 어떤 것 같나요?"

"너무 커."

"아이스 트롤 씨는요? 청소가 특기래요."

"파괴 등급이 A+니까… 패스."

루나는 고심하며 이력서를 분류했다. 나름 그녀만의 기준이 있는 모양이다. 신성은 피식 웃고는 진지한 표정을 짓고 있는 그녀를 지켜보았다.

"마스터! 앗! 죄송합니다. 방해했군요."

과일이 놓인 접시를 들고 온 김수정이 집무실 안으로 들어오다 말고 멈칫했다. 그러다가 루나와 시선을 교환하고는 살짝 웃어 보였다.

"마침 잘 왔어. 일 좀 도와줘."

"아, 네. 알겠습니다."

김수정은 책상 위에 접시를 올려놓고 의자를 끌고 와 앉았다. 수북하게 쌓인 이력서를 손에 들고 루나와 마찬가지로 진지하게 검토하기 시작했다.

김수정의 취향은 뚜렷했다.

능력치가 비슷하다면 귀여운 느낌이 드는 쪽으로 고르고 있었다. 루나는 자기소개서 위주로 보았고, 신성은 특색이 있는 이력서를 골랐다.

얼추 이력서가 추려졌다. 루나는 만족한 듯 미소 지으며 기지개를 켰다.

면접은 내일 아침에 보기로 결정되었다. 내일부터 축제 기간이니만큼 빠르게 채용하는 것이 좋을 것 같았기 때문이다.

"마스터, 한 가지 제안하고 싶은 것이 있습니다."

"음?"

"정보국을 세웠으면 합니다. 앞으로의 방향에 도움이 될 것 같습니다."

김수정의 말에 신성은 고개를 끄덕였다.

세이프리의 토지 규제가 곧 풀릴 예정이다. 토지를 매입하여 정보국을 세우는 것을 검토해 보는 것이 좋을 것 같았다.

앞으로 나타날 다른 도시들과 비활성 마석, 그리고 길드들의 동향을 파악하기 위해서 정보국은 필수였다.

그리고 세이프리에 펼칠 여러 계획에도 큰 도움이 될 것이다.

"좋아, 넉넉하게 예산을 지원해 줄 테니 잘해봐."

"감사합니다."

신성은 김수정에게 단독으로 맡길 생각이다.

신성이 뒤에 있다는 것을 철저히 숨긴 채 세이프리의 한 시설로서 활동하게 될 것이다.

예산은 충분하니 용병을 쓰던가 아니면 위장 길드를 세우는 형식이 될 것 같았다.

"그럼 저는 내일 있을 면접을 준비하러 가보겠습니다."

김수정은 철저히 준비할 생각으로 보였다.

굳이 준비할 필요는 없었지만 그녀의 성격상 그냥 넘어갈 수는 없었다. 왜인지는 모르겠지만 김수정은 상당히 즐거워 보였다.

"앞으로 바쁘겠죠?"

"그렇겠지."

"저, 그전에 놀러 갈까요?"

루나가 조심스럽게 물었다. 신성은 루나를 바라보며 고개를 끄덕였다.

그녀와 한 약속은 잊고 있지 않았다.

드래곤은 오만하고 예측할 수 없는 존재였지만 약속만큼은 절대 깨뜨리지 않았다.

용언이니 뭐니 하면서 포장하고 있기는 한데 그런 것보다 아무래도 자존심 때문에 그런 것 같았다.

신성도 어느 정도 그것의 영향을 받고 있었다.

루나는 신성이 승낙하자 크게 기뻐했다. 그녀는 세이프리 밖으로 나가본 적이 없었다. 아르케디아인을 제외한 다른 이들이 들어올 수 없게 봉쇄되어 있었다. 그 봉쇄를 푼다면 자유롭게 왕래할 수 있겠지만 일반인도 세이프리에 들어올 수 있게 될 것이다.

현재는 시기상조였다.

드래곤의 파트너로 나가는 방법밖에 없었다.

"음, 데이트는 처음인데……."

"네? 진짜요?"

"뭐… 소개팅은 몇 번 했지. 별로 인기 있는 스타일이 아니라 결과는 늘 안 좋았지만."

인간이던 시절, 관심 있는 여자 한둘은 있었다. 그러나 그것이 주변 환경 때문에 그런 것인지, 진심으로 관심이 있던 것인지 지금에 와서 생각해 보면 구별이 되지 않았다.

그러나 오히려 드래고니안이 된 지금, 다소 격렬하기는 하지만 마음이라는 것이 뚜렷하게 존재하고 있음을 깨닫고 있었다.

"저도 처음이에요. 으응, 그래도 이론은 다 알고 있어요."

"그래."

"저만 믿어요. 완벽하게 성공시킬 테니까!"

루나는 늠름한 표정으로 신성을 바라보았다. 신성은 웃음을 터뜨렸다.

"왜 웃어요? 왜요?"

"아냐."

믿기지는 않겠지만 그 모습이 아주 믿음직스러웠다.

*　　　*　　　*

다음 날, 아침부터 면접이 시작되었다.

김수정의 지시로 빅 베어와 그의 마력 분신들이 저택 앞 정원에 커다란 천막을 지었다. 빅 베어는 보안 요원이라는 완장을 차고 있었다. 허락된 공간 이외에 다른 곳을 가게 된다면 빅 베어가 제지할 것이다.

면접 심사는 신성과 루나가 하고 전체적인 진행은 김수정이 맡았다.

소환진에서 나온 많은 면접자가 숲을 관통해 길게 줄을 서 있다. 골드래빗이 귀찮다는 표정으로 번호표를 주자 그들은 모두 아주 조심스럽게 번호표를 받아 들었다.

종족은 다양했다. 일반적인 엘프부터 시작하여 몬스터에 해당하는 슬라임, 키메라, 트롤, 그리고 아르케디아에서 이미 멸종한 고대 종족까지 긴 줄을 형성하고 있었다.

"질문이 뭘까요?"

"그르르! 그르!"

"와! 여기 되게 예쁘네요. 동굴이 아니라 좋은데요? 청소할 곳도 적고요."

"너무 좋은 근무 환경이네요. 저기 밭 좀 보세요. 와!"

"이렇게 좋은 숲은 오랜만인데?"

모두 드래곤과 관련이 있어 평범하지는 않았다.

애써 대화를 나누고 있었지만 그들의 얼굴에는 긴장한 기색이 역력했다.

쾌적한 근무 환경을 보자 꼭 붙고 말겠다는 의지가 강렬하게 타오르고 있었다.

"거기, 무기는 저쪽에 놓고 오세요."

"죄, 죄송합니다. 으음, 이게 없으면 기, 긴장이 돼서……."

김수정의 말에 몸의 반이 사자 형상인 키메라가 커다란 창을 내려놓았다.

김수정의 옆에 서 있는 빅 베어는 위압감을 내비치며 면접자들을 압박했다.

레벨 자체는 면접자들이 훨씬 높았지만 합격하면 빅 베어가 선배이니 숙이고 들어갈 수밖에 없었다.

한편, 신성과 루나는 천막 안에 마련된 면접장에서 들어오는 면접자들을 심사하고 있었다.

"특기가 뭡니까?"

"노래입니다! 그리고 바다에 소용돌이를 만들 수 있습니다! 아! 해일도 일으킬 수 있습니다!"

"경력이 꽤 많으신데… 음, 함대 전멸?"

"네! 헤이즌베른 제국의 제2함대를 전멸시킨 적이 있습니다! 고용주께 상납하는 제물이 적었기 때문에 확실히 처리하였습니다!"

신성의 질문에 세이렌이 힘차게 대답했다. 헤이즌베른 제국은 아르케디아 온라인의 역사에서조차 찾아보기 힘들 정도로 먼 과거에 존재하던 고대의 국가이다.

막힘없이 술술 이야기하는 것은 마음에 드나 그녀의 특기는 저택의 일과는 상관이 없었다. 어떻게 이력서가 통과되었는지 의아해질 정도이다.

"노래를 들려주실 수 있나요?"

"네, 물론입니다! 흠흠!"

루나의 말에 세이렌이 목을 가다듬더니 노래를 하기 시작했다.

무척이나 아름다운 목소리였다.

확실히 뱃사람들을 유혹해 몰살시킬 수 있을 만한 위력이었다. 면역이 없는 인간이라면 정신이 완전히 나가 버릴 것이다.

'여기 말고 가수 쪽으로 가면 대박이겠어.'

아마 지구의 기존 가수들은 다 짐을 싸야 할 것이다. 순간 지구의 돈을 끌어 모을 계획이 세워졌지만 신성은 피식 웃고는 고개를 설레설레 내저었다.

짝짝짝!

노래가 끝나자 루나는 감동하며 박수를 쳤다. 신성은 고개를 끄덕이며 이력서에 일단 보류라고 적었다.

"네, 검토 후 연락드리겠습니다."

"네! 잘 부탁드립니다! 꼭 일하고 싶습니다!"

신성의 말에 세이렌은 예의 바르게 인사하며 면접장을 나갔다.

"성향이 조금 그렇긴 하지만 악의는 없네요. 매우 아름다운 분이었어요."

"그렇긴 한데… 애매하군."

루나는 세이렌이 마음에 든 눈치였다. 신성도 좋게 생각하기는 했으나 아무래도 주된 목적에는 어울리지 않았다. 훗날 해양 시대가 열리게 되면 고용하는 것도 나쁘지 않을 것 같았다.

면접은 계속되었다.

상당히 많은 이의 이력서를 통과시킨 탓이다. 하지만 대부분이 애매한 부분을 지니고 있어 빠르게 분류할 수 있었다.

특기만 보고 뽑았으면 곤란했을 면접자도 있었다. 몇몇 탐나는 면접자는 메이드 쪽이 아니더라도 나중에 고용할 생각이 있다.

특히 하피 퀸은 비공정을 운용할 때 많은 도움을 줄 것 같았다. 풍 속성 마법의 대가였기 때문에 탐나는 인재였다.

루나는 특기보다는 성품이 좋은 이들을 마음에 들어했다. 아무리 뛰어난 능력을 지니고 있더라도 성향이 나쁘면 고개를 절레절레 저었다.

"음, 이제 마지막인가?"

"그런 것 같네요. 재미있었어요."

신성이 따로 분류해 놓은 이력서를 검토할 때 마지막 면접자가 들어왔다.

확 눈에 들어오는 외모였다.

신성이 제일 눈여겨본 이력서였는데 드래곤 로드가 만들었다고 알려진 인형 메이드였다.

서큐버스의 외형을 따왔다고는 하지만 동력원이 부족해서인지 성숙한 느낌은 없었다. 오히려 어린 느낌이 드는 외형에 무척이나 귀여운 외모를 지니고 있었다. 입고 있는 메이드 복장과 무척이나 잘 어울렸다.

'봉인되어 있군.'

신성은 드래곤의 눈으로 인형 메이드를 살펴보았다.

인형 메이드의 심장 부근에서 봉인진을 발견할 수 있었다.

봉인진이 인형 메이드의 랭크를 확 낮추고 마력 공급의 효율을 크게 떨어뜨리고 있었다. 그 때문에 전투에 관련된 랭크는 크게 낮아져 있었다. 그럼에도 불구하고 인형 메이드의 전투력은 결코 무시하지 못할 수준이었다.

과연 드래곤 로드가 만든 작품다웠다.

인형 메이드의 표정 변화는 거의 없었는데 차갑게 느껴질 정도였다. 봉인진이 표정과 언어 능력 쪽에 영향을 미치고 있는 것으로 파악되었다.

봉인이 풀린다면 큰 변화가 있을 것 같았지만 봉인진은 지금 신성의 마법 능력으로는 도전조차 할 수 없을 정도로 복잡했다. 그야말로 마도 공학의 정수가 담겨 있었다.

꾸벅!

인형 메이드가 고개를 꾸벅 숙이며 인사했다.

"와, 귀엽네요."

루나가 눈을 빛내며 인형 메이드를 바라보았다. 인형 메이드는 가방에서 무언가를 꺼내더니 신성의 앞으로 다가와 그것을 내밀었다.

"이건?"

"드래곤, 뇌물 좋아함. 선물."

보석을 깎아 만든 구슬이다. 값어치가 있는 것은 아니었지만 상당히 소중한 것인 듯 고운 천에 곱게 싸여 있었다.

"내가 만든 것임."

"음⋯⋯."

신성은 구슬 주머니를 받았다. 투박한 솜씨였지만 정성스럽게 오랜 세월 혼자 깎아 만든 것 같았다.

인형 메이드는 신성과 루나를 잠시 번갈아 바라보다가 주머니에서 꽃 하나를 꺼냈다. 영롱한 빛을 발하고 있는 꽃은 매우 아름다웠다.

"사모님, 줄게. 선물."

"어머나!"

꽃보다도 사모님 소리에 얼굴이 붉어진 루나였다.

인형 메이드의 무표정한 얼굴에 뿌듯함이 떠올랐다.

루나는 감동한 눈으로 인형 메이드를 바라보았다. 메이드 복은 상당히 낡아 있었다. 신체의 여러 부분에도 무리가 가 있었다.

홀로 오랜 세월 동안 버텨온 흔적이 보였다.

신성은 살짝 웃으며 인형 메이드를 바라보았다.

"특기가 뭡니까?"

"행복을 주는 것."

"행복?"

신성이 무슨 말이냐는 듯 묻자 인형 메이드는 표정을 지어 보려다가 실패하고는 잠시 고민하기 시작했다. 그러다가 가방에서 마력으로 이루어진 판 하나를 꺼냈다.

[^_^]

마력이 뭉쳐지며 판 위에 이모티콘이 떠올랐다.

"행복, 웃게 하는 것. 웃으면 나도 좋음. 그게 행복."

루나는 눈물을 글썽이다가 인형 메이드에게 다가가더니 그녀를 끌어안았다.

루나의 감정이 행복함으로 물드는 것을 보면 확실히 인형 메이드는 그러한 특기를 지니고 있었다.

"너무 착해! 너무 예뻐!"

루나는 인형 메이드의 볼에 자신의 볼을 비볐다. 루나가 인형 메이드를 품에 안고 신성을 바라보았다.

간절함이 가득 담긴 눈빛이다. 김수정이 소란스러운 소리에 천막 안으로 들어와 루나와 인형 메이드의 모습을 보고 신성을 바라보았다.

"마스터, 자리를 따로 마련할까요?"

"그래."

김수정의 말에 신성은 피식 웃으며 대답했다. 신성은 다른 이력서들을 파기하고 인형 메이드의 이력서에 합격 표시를 그려 넣었다.

CHAPTER 6

루나와 신성의 기묘한 모험

신성은 소환진에 올린 채용을 종료했다.

신성보다도 루나와 김수정이 인형 메이드를 더 좋아했다.

아직 월급에 관해 이야기를 나누지 않았지만 루나와 김수정은 그녀를 이리저리 끌고 다니면서 같이 저택을 탐험했다.

이제 막 저택이 생긴 참이었기에 그녀들도 저택에 대해서는 잘 몰랐다.

조금 시간이 지난 후에야 신성이 있는 집무실로 인형 메이드가 찾아왔다.

목욕을 시켰는지 꼬질꼬질하던 모습은 사라지고 뽀송뽀송한 모습이 되어 있었다.

옷은 김수정이 준비해 줬기에 그녀는 짧은 반바지에 티셔츠를 입고 있었다. 인형 메이드는 그런 복장이 조금은 어색한 듯 보였다.

세이프리의 운영 문제로 정보창을 바라보고 있던 신성은 그녀가 들어오자 정보창을 껐다.

"아, 거기 앉아."

인형 메이드가 의자에 앉았다.

다리 관절이 불편한 듯 조금은 절뚝이고 있었다. 신성은 그녀에게 다가가 그녀의 무릎을 바라보았다.

마력 회로가 끊겨 있었다.

마도 공학 쪽의 지식은 없었지만 그래도 신성은 드래고니안이다.

임시방편이기는 하지만 그럭저럭 이어줄 수 있을 것 같았다.

그녀의 무릎 위에 손을 올리고 마력을 일으키자 관절을 구성하고 있던 마법진이 떠올랐다. 신성은 마력 회로를 잇고 망가진 부분을 수리했다. 그러자 마법진이 활성화되며 푸른빛이 감돌았다.

신성이 손을 떼자 마법진은 다시 그녀의 관절에 깃들었다.

인형 메이드는 눈을 깜빡이다가 무릎을 펴보았다. 늘 느껴지던 아픔이 없자 신성을 바라보았다.

"어때? 좀 괜찮아?"

"양호함. 감사. 드래곤이 착함. 이상함."

"뭐, 아직 드래곤은 아니야. 반쪽짜리지."

"오, 멋짐! 반쪽!"

인형 메이드는 묘한 곳에서 감탄했다. 그것이 그녀의 취향인지 눈이 반짝반짝 빛나고 있었다.

신성은 살짝 웃음을 흘리고는 그녀의 몸을 전체적으로 점검했다. 심장 부근을 건드릴 때였다.

찌릿!

전기가 흐르는 느낌과 함께 복잡한 문양이 잔뜩 새겨진 마법진이 떠올랐다. 드래곤의 눈으로 보니 역시 보통 마법진이 아니었다. 마치 어딘가를 가리키는 듯한 지도와도 같은 모습이었다. 인형 메이드의 전반적인 능력과 함께 봉인되어 있었다.

[알 수 없는 힘에 드래곤의 피가 반응합니다.]

[드래곤 로드의 유산으로 향하는 첫 번째 조각을 발견하였습니다.]

*???(2차 각성 필요)

*???(2차 각성, 인형 메이드 필요)

봉인진에서 떠오른 작은 조각 하나가 보였다.

인형 메이드도 그것이 무엇인지 전혀 모르는 눈치였다.

단지 눈을 동그랗게 뜬 채로 그 광경을 바라보고 있을 뿐이다.

'이건… 드래곤 로드가 숨겨놓은 건가? 어째서?'

인형 메이드는 드래곤 로드가 만든 인공 생명체이니 그럴 가능성이 컸다.

어째서인지는 모르지만 드래곤의 피가 흐르는 자에게 일부러 반응하도록 해놓은 것 같았다. 드래곤 로드의 유산이라면 분명 그 값어치가 짐작이 안 될 정도로 엄청날 것이다.

신성이 그 조각을 향해 손을 뻗자 조각이 신성의 손으로 빨려들어 오더니 그대로 사라졌다.

[첫 번째 조각이 드래곤 하트에 스며듭니다.]

[드래곤의 힘이 강해집니다.]

*레벨이 8 상승합니다.

*마력 랭크가 상승합니다.

*[D]고대의 마도 공학 기술을 습득하였습니다.

*[D-]홍염의 용언 마법을 습득하였습니다.

*반룡화 현신(홍염룡)의 힘을 깨달았습니다.

신성은 갑작스럽게 얻은 힘에 놀랄 수밖에 없었다.

신성의 주변으로 불꽃이 치솟았다.

아름다운 불꽃이다.

그 불꽃은 신성의 의지에 따라 자유자재로 움직였다. 불꽃 그 자체를 지배하고 있는 느낌이다.

지금이라도 입을 뗀다면 강력한 화염 마법을 쓸 수 있을 것 같았다.

'드래곤만이 쓸 수 있는 마법…….'

어둠의 용언 마법과 동일하나 그 속성이 화염이다.

불꽃을 자유자재로 다룰 수 있었고 파이어 애로우, 파이어 브레스, 파이어 샤워 등 화염 속성의 마법을 사용할 수 있었다.

드래곤의 눈을 통해 어둠의 용언 마법과 마찬가지로 마법 술식을 흡수할 수 있었다.

신성은 습득한 고대의 마도 공학 기술의 정보를 살펴보았다.

[D]고대의 마도 공학 기술(레전드)

마도 공학의 정수.

머나먼 과거, 드래곤은 편리함을 위해 여러 가지 물품을 제작하였다.

고대 유물에서 발견되는 마장기, 골렘 등이 이에 해당한다. 마도 공학 기술은 드래곤이 고대의 드워프들에게 전해주었다는 설이 유력하다. 고대의 드워프들은 드래곤을 위해 쉬지 않고 일했을 것이다.

*공방을 통해 마도 공학에 관련된 물건들을 제작할 수 있다.

*드래곤 레어에서 설계도를 구입할 수 있다.

마도 공학 기술은 그 가치가 무궁무진했다.

비공정 같은 것들도 모두 마도 공학 기술이 바탕이 되어야 만들 수 있었다.

현재 세이프리에는 마도 공학이라는 개념 자체가 없었다. 드워프, 휴먼족의 대도시 정도 되어야 기초적인 마도 공학 시설 찾아볼 수 있을 것이다.

이 기술을 세이프리에 응용한다면 대단한 경쟁력을 확보할 수 있을 것 같았다.

"몸, 개운함."

조각이 사라지자 인형 메이드의 몸 상태가 좋아졌다. 봉인진이 더욱 견고해진 느낌이었지만 마력의 흐름이 훨씬 원활해졌다.

신성이 잠시 인형 메이드를 바라보자 인형 메이드는 고개를 갸웃했다.

'단순한 우연인가?'

인형 메이드가 드래곤 로드의 명령을 받고 찾아온 것 같지는 않았다.

애초부터 아무것도 모르는 눈치였다.

'조각을 모두 모은다면……'

아직 2차 각성을 하지 않아 정확히 알아볼 수는 없었다.

신성은 복잡해지는 생각을 털어냈다.

차차 알아가면 될 일이다. 확실한 것은 드래곤 로드와 용신, 그리고 자신 사이에 뚜렷한 연결 고리가 존재했다. 명확하게 밝혀지는 것은 미래의 일이 될 것 같았다. 드래곤 로드의 유산에 관한 것도 말이다.

"그럼 계약을 할까? 월급은……"

인형 메이드는 얼마를 받아도 상관없다는 태도였지만 신성은 자신의 사람이 된 이상 확실히 챙겨줄 생각이다.

유지비는 신성이 모두 부담하기로 하고 첫 월급을 20KC로 정했다.

그녀 혼자 저택을 관리해야 했지만 적은 금액은 결코 아니었다.

생활 필수품이나 기타 비용은 신성이 대주기로 했으니 순수하게 떨어지는 마력 코인이 20KC였다.

향후 재정 상황에 따라 더 올려줄 생각이다.

"만족."

신성이 정보창으로 된 계약서를 내밀자 그녀는 고개를 끄덕이며 서명하려다가 신성을 바라보았다.

"나, 이름 없음. 이름을 원함."

"음……."

신성이 잠시 고민하다가 문 쪽을 바라보자 김수정과 루나가 고개를 내밀며 신성을 바라보고 있다.

같이 고민해 보는 것이 좋을 것 같았다.

"음, 머리카락이 파란색이니… 블루?"

"작고 귀엽고 사랑스러우니 러블리 어떻습니까?"

"너무 성의 없이 짓는 거 아니에요? 디아나 어때요?"

신성과 김수정은 이름을 짓는 것에는 그다지 재능이 없었다.

그나마 루나가 이름 같은 이름을 말했다. 인형 메이드는 잠시 고민하다가 고개를 끄덕였다.

"좋음. 러블리 블루 디아나."

인형 메이드의 말에 셋 모두가 그녀를 바라보았다. 신성이 잠시 그녀를 바라보다가 입을 떼었다.

"정말 그걸로 괜찮겠어?"

인형 메이드는 신성을 향해 손짓했다. 신성이 그녀에게 가까이 귀를 가져다 대자 그녀가 작은 목소리로 귓속말을 하기 시작했다.

"…사실 75% 정도 좋음. 그러나 세상에 100%는 없음. 만족할 줄 알아야 함."

세상을 달관한 것 같은 말이다.

"다른 이름을 생각……"

"더 나빠질 것으로 예상."

그렇게 말한 인형 메이드 디아나는 망설임 없이 계약서에 바로 그 이름을 써 넣었다. 그러자 계약서가 빛나며 사라졌다.

계약이 성립된 것이다.

마력으로 이루어진 계약은 확실히 지켜질 것이다.

*　　　*　　　*

신성은 디아나를 보모로 임명했다.

드래곤 레어의 지식이 그녀에게 깃들어 신성보다 드래곤 레어에 대해 더 잘 알게 되었다.

드래곤 레어에 관한 일이라면 디아나가 도와줄 수 있을 것이다.

현재 디아나는 드래곤 레어와 실시간으로 연동하고 있었기에 레어에 관한 모든 것을 파악하고 있었다.

디아나는 즉시 일하기 시작했다.

일꾼 정령들을 소환하자 청소 도구를 든 메이드 형태의 정령들이 나타났다.

정령들은 저택을 돌아다니면서 저택의 모든 부분을 깔끔하게 청소하기 시작했다. 저택 청소부터 밭일, 그리고 정원 관리까지 아주 빠른 속도로 해내고 있었다.

오히려 디아나를 방해하는 것은 루나와 김수정이었다.

디아나의 뒤를 졸졸 따라다니며 마구 뺨을 비비거나 옷을 갈아입히는 등 과도한 관심을 보여주고 있었다. 디아나는 전력으로 도망치며 어떻게든 일을 해냈다.

밭일을 하고 있던 골드레빗은 그 광경을 보고는 고개를 설레 내저으며 한숨을 내쉬었다.

신성은 그 모습을 보다가 피식 웃고는 아르케 넷을 체크했다.

'곧 마석이 소멸하겠는데.'

마석의 기운이 확실히 약해져 있었다.

오늘 저녁이 된다면 완전히 사라질 것 같았다. 부활석 설치를 예약해 놨으니 마석이 사라지면 그 자리에 부활석이 바로 설치 될 것이다.

오후가 되자 신성은 슬슬 나갈 준비를 했다. 마석이 사라지고 더 바빠지기 전에 루나와 외출을 하기로 한 것이 떠올랐기 때문이다.

루나는 다 같이 가고 싶어했지만 김수정은 알 수 없는 미소를 지으며 고개를 저었고, 디아나는 음흉한 이모티콘을 들어 보이며 엄지를 치켜들었다.

디아나는 김수정과 주방에서 분주하게 움직이더니 고급스러운 천에 싼 무언가를 들고 왔다.

"도시락. 얼음 장어구이임."

"음, 아주 좋은 것 같습니다."

"효과 만점."

신성은 디아나가 건넨 도시락을 인벤토리에 넣었다.

신성이 준비를 마치고 저택 밖으로 나오자 루나가 기다리고 있었다.

김수정이 챙겨줬는지 현대적인 복장이었는데 얼굴을 가리고 있지는 않았다.

자신의 권능으로 정체를 감추고 있었다. 상위 종족이라고 할지라도 평범한 아르케디아인으로 보일 뿐 그녀가 루나라는 것을 간파해 낼 수는 없을 것이다.

"자, 가도록 하죠! 오늘 하루는 제가 책임질게요! 저만 믿으세요!"

그녀는 한 손에 수첩을 들고 있고 목에는 김수정에게 받은 지갑을 걸고 있었다. 지구에 대해 공부를 많이 한 듯 아주 자신만만한 표정이다. 신성이 본래 지구인이었다는 것을 까먹은 것인지 자기가 신성을 이끌어야겠다는 마음으로 가득 차 있었다.

신성은 일단 그녀가 하고 싶은 대로 놔두기로 했다.

"그럼 잘 다녀오십시오. 업무는 지시하신 대로 처리하고 있겠습니다."

"파이팅!"

김수정과 디아나가 손을 흔들었다.

루나가 결의를 다지며 포탈을 열었다. 평소의 신성력으로 이루어진 포탈이 아니라 신성에게 마력을 빌려 만든 포탈이다.

루나가 살짝 상기된 표정으로 신성을 바라보자 신성은 피식 웃고는 포탈로 걸음을 옮겼다.

신성과 루나는 포탈을 타고 세이프리 밑으로 내려왔다.

루나의 모습은 달라져 있었다. 세이프리에 봉쇄령이 발휘되고 있어 루나는 밖으로 나올 수 없었다. 그러나 드래곤 파트너의 힘으로 마력으로 몸이 재구성하니 그 부분은 자연스럽게 해결되었다.

머리카락과 눈동자 색깔이 검은색으로 바뀌었고 분위기가 조금 달라져 있었다. 그래도 루나는 역시 루나였다.

저 누구나 반할 것 같은 미소는 그녀만이 지을 수 있을 것이다.

"와!"

화려하게 솟은 건물과 오가는 자동차, 그리고 많은 인파가 보이자 루나는 감탄하며 눈을 떼지 못했다. 세이프리 밑은 축제의 분위기로 후끈했는데 강남 마석 주변과는 달리 일반인도 참여할 수 있게 개방되어 있었다.

마력 코인을 받는 곳이 대부분이었지만 초보 레벨의 아르케디아인은 현금을 받기도 했다. 초보 레벨이 팔고 있는 것은 마력 버섯구이나 간단한 요리, 그리고 보석 같은 잡템이 대부분이었지만 일반인에게는 엄청난 인기를 끌고 있었다. 터무니없이 비싼 가격이었지만 구입하기 위해 줄을 서서 기다릴 정도였다.

"그럼 어디로 가지?"

"으, 응… 잠시만요."

루나는 수첩을 뒤적거리다가 품에서 지도를 꺼냈다. 그녀가 손수 정성스럽게 그려 만든 지도였다.

"지금부터 보물을 찾아야죠!"

"보물?"

"여기!"

지도를 신성에게 펼치며 그녀가 손가락으로 어딘가를 가리켰다.

가인문고 본점이라고 쓰여 있는 곳이었는데 그녀는 지도 위에 가인문고를 커다란 성으로 묘사해 놓았고 그 밑에 보물을 그려놓았다.

신성은 살짝 고개를 갸웃했지만 가인문고를 뜻하는 것임을 파악할 수 있었다.

"자, 가죠!"

"근데 어떻게 가려고?"

"움직이는 지하 괴물을 타고 가면 될 거예요. 듣기로는 감정이 없는 몬스터라 지구인들을 태워준다고 하더군요."

"아, 그렇군. 지하를 통해 움직이는 괴물. 그게 있었지."

누구한테 그런 설명을 들었는지 궁금해졌다.

신성은 그녀가 기죽지 않도록 해줘야겠다고 생각했다. 어쨌든 겉으로만 보면 그녀는 한껏 꾸민 현대적인 차림이었고 신성은 전형적인 아르케디아인의 복장이었다.

루나는 열심히 지도와 수첩을 보며 신성의 손을 잡고 앞으로 나아갔다.

신성은 시선이 모이는 것이 느껴졌다. 정체를 숨기기는 했으나 루나의 외모 자체는 숨길 수가 없었다.

아름다움에 어느 정도 면역이 있는 아르케디아인들은 작게 감탄할 뿐이었지만 일반인들은 손에 든 커피를 떨어뜨리거나 그대로 몸이 굳어버리는 등 심각한 반응을 보였다.

아마 에르소나와 같은 하이엘프를 보더라도 비슷한 반응일 것이다.

신성의 빛나는 용모 역시 한몫하고 있었다.

"찾았다! 여기가 3번 굴!"

루나는 혜화역 3번 출구 앞에서 멈칫했다. 그녀의 표정은 사뭇 진지했다.

"신성력이 봉인되어서 신성 마법은 쓸 수 없어요. 하지만 드래곤의 마력으로 공격 마법은 어느 정도 가능할 거예요. 조심해서 이동하도록 하죠."

"…그래, 내가 있으니 걱정하지 마."

"든든하네요. 그나저나 지구인들은 엄청 용감하군요. 이런 굴에 비무장 상태로 들어가다니 말이에요."

"음, 뭐, 그렇지."

지하는 던전이라는 공식이 그녀의 머릿속에 세워져 있는 듯했다.

아르케디아 온라인에서는 지하로 들어가면 무조건 몬스터가 출몰하니 말이다. 지하는 곧 몬스터의 영역이었고 안전 지역이 아님을 뜻했다.

아르케디아의 대도시 안에도 지하를 통해 출입할 수 있는 던전이 제법 있기는 했다.

"푸읍, 으, 크흠! 가자. 내가 선두에 설게. 잘 따라와."

"네!"

신성은 웃음이 나오는 것을 간신히 참고 진지한 표정을 지으며 말했다.

신성은 그녀의 저런 반응이 무척이나 재미있게 느껴졌다. 마도 공학 시설은 아르케디아 온라인 중반기를 지나 나타났으니 그녀의 저런 반응도 이상한 것이 아니었다.

당시에 흔하던 비공정도 루나의 눈에는 무척이나 신기해 보일 것이다.

하물며 움직이는 지하 괴물의 서식지 지하철은 말할 것도 없었다.

*　　　*　　　*

신성이 선두로 조심스럽게 지하철 입구 안으로 진입했다. 루나는 아래로 내려가면 어둠이 깔릴 것이라 예상했지만 그런 일은 일어나지 않았다.

환한 전등이 들어와 있는 풍경이 보이자 루나는 눈을 깜빡였다. 루나는 잠시 오가는 사람들을 보더니 고개를 끄덕였다.

"파티일까요?"

"비슷하겠지."

루나는 많은 사람을 보자 긴장이 풀렸는지 살짝 숨을 내쉰 다음 수첩을 바라보았다.

자체적으로 어떻게든 조사를 했는지 지하철 탑승 방법이 적혀 있었다. 아마 주변에 있던 신관들이 하는 말을 은근슬쩍 적은 것 같았다.

그러나 수첩을 아무리 봐도 어떻게 전철에 탑승하는지 모르는 눈치였다. 신성은 식은땀을 흘리며 버벅거리는 루나를 바라보다가 은근슬쩍 말을 흘리기 시작했다.

"음, 움직이는 괴물을 타려면 입장권이 필요한 것 같더군."

"그, 그렇죠! 바로 그거예요! 입장권! 수정이가 말해줬어요! 이걸 쓰라고 말이죠!"

루나가 목에 걸려 있는 지갑을 들어 보였다.

지갑은 주머니 형태였다. 그 안에 지폐가 곱게 접혀 있고 동전도 종류별로 들어 있었다. 김수정은 혹시 몰라 신용카드도 넣어주었다.

"그런데 입장권이라니! 이 던전을 정복한 던전 마스터가 이익을 독점하기 위해 만든 것이 분명해요!"

"그런가? 아, 저쪽에 상인이 있는 것 같군."

루나는 지하철 카드 판매기로 다가갔다. 마침 일반인이 카드를 구매하는 것이 보이자 그것을 유심히 지켜보았다. 안내

멘트에 화들짝 놀라며 주위를 경계를 하는 모습은 신성을 미소 짓게 하였다.

박스 형태의 카드 판매기였지만 루나의 눈에는 새로운 종족으로 보였다.

"지하에 산다는 지저인일지도……."

확실히 철로 된 상자 모양의 외형은 아르케디아 온라인에서 묘사되는 지저인들과 비슷했다. 그들은 드워프의 조상으로 철을 관장한다고 알려져 있었다. 다른 관점에서 보면 철로 이루어진 골렘으로 보이기도 했다.

도로 위에 보인 자동차도 몬스터로 생각하는 그녀였다. 세이프리의 영향력 때문에 주변에 자동차가 많이 없는 것이 다행이었다. 예전처럼 떼로 지어 다니는 것을 본다면 아마 그녀는 몸이 굳어버렸을 것이다. 지구인의 관점으로 본다면 아마 들판에서 들소 떼를 본 것과 비슷할 것 같았다.

아무튼 다행히 지하철 쪽은 마력의 영향이 그나마 적어 정상 운행을 하고 있었다.

그녀의 중얼거림을 들은 신성은 웃음이 나오려는 것을 간신히 참아냈다. 루나의 머릿속에 있는 복잡한 생각이 눈으로 보이는 것 같았다.

"아, 안녕하세요. 입장권을 사, 사고 싶은데요."

공손하게 인사를 하며 다소 떨리는 목소리로 말했지만, 자동판매기는 응답을 하지 않았다. 혼란스러운 눈동자에는 스크린에 떠올라 있는 글자가 보이지 않는 듯했다.

루나는 간신히 글자를 발견하기는 했지만 선뜻 누르지는 못했다. 빛나는 화면이 얼굴이라고 가정한다면 얼굴을 누르는 것은 큰 실례가 될 수도 있기 때문이다.

루나는 지저인이 아무런 반응이 없자 눈동자에 슬픈 기색이 떠올랐다.

"저한테 화가 나신 걸까요?"

"나한테 맡겨줘. 교섭은 자신 있지."

루나에게는 아무래도 너무 어려운 일이었다.

신성은 지갑에서 지폐를 꺼냈다. 신성은 별다른 어려움 없이 아주 능숙하게 카드를 구매했다. 그런 신성의 모습을 루나는 완전히 감동한 눈으로 바라보았다.

마치 구세주를 보는 듯한 모습이다. 그녀의 초롱초롱해진 눈동자를 바라보다가 신성은 살짝 웃고는 그녀의 손에 지하철 카드를 쥐어주었다. 루나는 신성이 준 카드를 보물을 대하듯이 두 손으로 꼭 잡았다.

"대단해요. 어떻게 그렇게 금방……."

"별것 아니지."

나중에 루나가 진실을 알게 된다면 분명 엄청 부끄러워할 것이다. 그 모습이 무척이나 기대되는 신성이다.

신성이 은근슬쩍 힌트를 흘려줘 카드를 찍고 안으로 들어올 수 있었다. 3번 출구에서 여기까지 사십 분이 넘게 걸렸는데 신성은 그녀의 반응에 시간 가는 줄 모르고 지켜봤다. 절로 훈훈한 미소가 그려졌다.

조심스럽게 계단을 내려오자 스크린 도어가 보였다. 스크린 도어 밖으로 펼쳐져 있는 긴 터널이 그녀에게 긴장을 불러일으켰다. 보통 긴 터널 하면 던전밖에 없었기 때문이다.

지하철을 기다리며 서 있던 일반인들이 신성과 루나의 모습을 넋을 잃고 바라보았다. 혜화역 근처에는 아르케디아인이 상당히 많았기에 아르케디아인을 보러 일부러 찾아오는 일반인도 많았다.

전철이 곧 들어온다는 안내 멘트가 들리자 루나는 주위를 두리번거렸다. 마력이 느껴지지 않았는데 목소리가 들렸기 때문이다.

"와, 왔어요!"

터널 끝에서 빛이 보이더니 전철이 승강장에 도착했다. 무척이나 빠른 속도에 루나의 눈이 동그래졌다. 게다가 그 길이는 그레이트 웜을 보는 것처럼 길었기에 긴장하지 않을 수 없었다. 크기만 본다면 대형 몬스터였다.

스크린 도어가 열리자 루나는 잠시 멈칫했다. 그러다가 신성을 향해 보호 마법을 걸었다. 신성 마법이 아닌 기초적인 마법이었는데 마력으로 이루어진 방어막을 생성하는 마법이었다.

안으로 들어오자 전철이 출발하기 시작했다. 빠른 속도로 움직이기 시작한 전철에 루나는 주변을 경계하며 신성의 팔을 꼭 잡았다. 잠시 후 어느 정도 긴장이 풀리자 그녀는 전철 안을 제대로 볼 수 있었다.

"의, 의자가 있네요? 사람들도 많고요."

그녀는 이해하려 애쓰고 있었다. 몬스터가 아니라는 것을 깨닫는 것에는 그리 오래 걸리지 않았다. 설명을 요구하는 루나의 모습이 보였다. 신성이 웃음을 지으며 마차와 비슷한 탈것이라고 말해주자 그녀는 눈을 깜빡이다가 원망스러운 눈으로 신성을 바라보았다.

그녀의 얼굴은 매우 붉게 달아올라 있다.

"재미있었나요? 저를 그렇게 놀리고……."

"하하, 미안. 이제부터는 내가 제대로 안내해 줄게."

"…믿어볼게요."

삐친 그녀를 달래주는 데는 그리 오랜 시간이 걸리지 않았다. 신성이 이것저것 설명해 주자 그녀는 금세 눈을 빛내며 질문을 해댔다.

"대단해요. 그 정도의 기술이 있다니……."

"세이프리에도 비슷하게 적용해 볼 거야."

"정말요?"

"음, 이 정도는 아니더라도 여러 방면으로 편리해지겠지."

루나는 김갑진에게 노트북을 받은 적이 있지만 그것을 경험해 볼 수 없었다. 너무나 바빴기 때문이다. 노트북은 안타깝게도 마력에 의해 망가져서 사용해 보지도 못하고 사라져 버렸다.

만화책은 틈틈이 봐왔지만 배경 무대가 현대 쪽이 아니었기에 이번 여행에는 전혀 도움이 되지 않았다.

김갑진이 가져다 준 것은 중세 스타일의 순정 만화였다.

"저 그건 알고 있어요! 와이파이! 마력장 같은 거죠?"

"응, 비슷해. 잘 아는데?"

"신관들이 말하는 걸 들었어요. 와이파이가 안 터져서 불편하대요. 그래서 수석 프리스트님에게 달아달라고 했죠."

"그게 가능해?"

"…나날이 수척해지셔서 없던 일이 되어버렸어요."

신성은 세이프리에 현대적인 물품을 도입하는 것도 괜찮을 것 같았다. 해결해야 할 부분이 많기는 하지만 말이다.

"자, 가자."

"네!"

목표한 역에 도착하자 신성이 그녀를 이끌었다. 능숙한 신성의 모습에 그녀는 계속해서 감탄할 뿐이다. 그 모습이 무척이나 멋지게 느껴졌다.

지상으로 나오자 현대적인 풍경이 펼쳐져 있다.

높게 솟은 빌딩과 빠르게 달리는 자동차, 그리고 많은 인파가 루나의 눈을 어지럽혔다.

"가인문고는… 저쪽이군."

가인문고 본점은 한국 최대의 서점이다. 신성은 루나가 가인문고 주변을 보물로 표시해 놓은 것이 떠올랐다.

"근데 책이 보물이야?"

"네! 장인들이 하나하나 정성스럽게 그려 만들었으니 당연히 보물이죠!"

"아, 만화책?"

"네, 그거!"

루나는 김갑진이 준 만화책 1권, 2권만을 계속해서 읽었다. 뒷이야기가 무척이나 궁금했지만 티를 내지 못했다. 그 한이 오늘 풀릴 것이다.

'만화책 같은 걸 유통해 볼까? 세이프리 주민이 7만 명 정도 되니 괜찮을 것 같기도 하네. 앞으로 나타날 아르케디아 주민들도 많을 거고. 영화 쪽도… 음…….'

누군가 이미 발 빠르게 사업을 구상하고 있지 않을까 하는 생각이 들었다.

가인문고에 들어온 그녀는 입을 떡하니 벌리며 감탄했다. 커다란 공간에 무수히 꽂혀 있는 책의 양이 가히 엄청났다. 세이프리의 대도서관 따위와는 비교조차 되지 않았다. 루나는 지식의 신이 기거하는 곳도 이 정도는 아닐 것이라고 생각했다.

"이쪽이에요!"

루나가 벽에 붙어 있는 안내 지도를 보더니 신성을 이끌고 빠르게 나아갔다. 국내는 물론 해외에서 발매되는 모든 만화책이 모여 있어 대단한 풍경을 자랑했다. 이곳에 처음 와본 신성도 놀랄 정도였다. 루나는 마력 황금을 보았을 때처럼 넋이 나가 버렸다.

'저택에 서재가 있으니 많이 사도 괜찮겠지.'

만화책으로 가득 채워보는 것도 나쁘지 않을 것 같았다. 어릴 적의 꿈이기도 하다. 예전에 신성도 가끔 만화책을 보았기에 대충 뭐가 재미있는지는 알고 있었다. 순수한 루나에게 정신적 충격이 가지 않는 것들을 고르기 시작했다.

루나는 행복한 표정을 지으며 품에 만화책을 가득 안고 있었다. 신성은 만화책을 일단 인벤토리에 넣었다. 일반인들이 웅성거리며 신성과 루나를 바라보았지만 신경 쓰지 않았다.

핸드폰 카메라로 찍힌 신성과 루나의 모습은 그야말로 화보 그 자체였다. SNS를 통해 올라가자마자 엄청난 화제를 몰고 왔지만, 신성과 루나는 그것을 알 리 없었다.

쇼핑은 빨랐다.

계산대로 가자 직원이 긴장하며 신성을 바라보았다. 신성이 인벤토리에서 책을 꺼내자 화들짝 놀랐다. 아르케디아인을 몇 번 보기는 했으나 이렇게 직접 이능을 보는 것은 처음이기 때문이다.

책이 점점 쌓여갔다. 주변에서 일반인들이 놀라며 웅성거렸다. 당황하던 직원이 허둥거리며 바코드를 찍기 시작했다. 직원의 손이 심하게 떨리고 있다.

"괜찮아요. 침착하세요."

루나가 직원을 바라보며 말했다. 루나의 말에는 따뜻함이 담겨 있었다. 그것이 힘이 되어 직원의 신체를 안정시켰다. 그리고 그리운 추억을 되살려 주었는지 직원의 눈에서 한 방울 눈물이 떨어졌다. 루나는 아르케디아인뿐만 아니라 지구인도 사랑했다.

그녀의 그런 마음이 전해진 것 같았다.

서점을 좀 더 둘러보다가 루나와 밖으로 나왔다. 두 손은 전혀 무겁지 않았다. 인벤토리는 정말로 편리했다. 인벤토리가 없을 때는 어떻게 생활했는지 알 수 없는 노릇이다.

"저건 뭔가요?"

"화장품이야."

"신관들이 사용하던 것들이 화장품이었군요?"

"구경할래?"

루나가 고개를 마구 끄덕였다. 직원이 루나의 외모에 반쯤 넋이 나갔지만 프로 정신을 발휘해 화장품을 발라주거나 상세하게 설명해 주었다. 결국 또 한 보따리 사고 말았다. 김수정과 디아나의 것도 고른 루나이다.

물론 김수정의 돈이지만 결코 떼먹을 생각은 없었다. 신성이 가진 지구의 돈도 꽤 되었고 부족하다면 후일에 마력 코인을 환전하면 되었다.

서울의 거리에 적응이 완료된 루나는 이제 신성을 이끌고 다니며 활발하게 움직였다. 그러다가 어딘가를 가리키며 신성을 바라보았다.

"저긴 뭐 하는 곳인가요? 사랑이 피어나고 있어요."

모텔 밀집 지역이었다. 여관이라고 말해주자 루나는 그 뜻을 이해하며 살짝 얼굴을 붉혔다.

이리저리 구경하며 이동하다 보니 어느새 한강에 도달했다. 버스나 택시를 타는 것은 루나의 입장에서 색다른 경험이었다.

한강의 모습은 예전과 많이 달라져 있었다. 물이 너무나 투명해 밑이 보일 정도였고 이따금 거대한 물고기가 튀어 올랐다. 아르케디아 온라인에서나 서식하던 물고기가 한강에 잔뜩 살고 있는 것이다. 아르케디아인들이 직접 만든 나룻배를 타고 낚시를 하고 있었다.

아르케디아 온라인의 필드에서는 일상과도 같은 풍경이었지만 그 필드가 서울이 되니 대단히 묘한 풍경이 되어버렸다.

루나가 활짝 웃으며 손짓하자 강에 있던 물고기들이 루나의 지휘에 맞춰 일제히 뛰어올랐다. 한강 밑에 잠수하고 있던 거대한 고래도 모습을 드러냈다. 고래는 주변에 물보라를 뿌리며 다시 밑으로 가라앉으며 사라져 버렸다.

너무나 환상적인 풍경에 주변에 있던 일반인은 물론 아르케디아인들도 감탄했다.

"좋은 강이네요."

"한강에… 고래가 사네."

"강에 고래가 사는 건 당연한 거 아닌가요?"

"그런가?"

이 세상도 많이 변해가고 있었다.

"후후, 당신이 모르는 것도 있군요?"

"뭐… 그렇지."

"설명해 드릴게요. 저 애는 민물 물개예요. 강바닥에 농사를 하는 아이들이지요. 그리고……."

루나가 신이 나서 설명하기 시작했다. 신성에게 무언가 가르쳐 줄 수 있는 것이 뿌듯한 모양이다. 신성은 한강 근처에 앉아 도시락을 꺼내며 루나의 설명을 들었다.

루나의 주위로 물의 정령들이 모이는 것이 보였다. 실체를 가지고 있지는 않지만 계약을 한다면 형상이 부여될 것이다. 한강이 정령사들의 핫 스팟이 될지도 몰랐다.

"음……."

"응?"

신성과 루나의 고개가 동시에 돌아갔다. 시선이 향한 곳은 마석이 있는 곳이었다. 멀리서도 희미하게 솟아오르고 있는 어두운 기운이 보였지만 이제는 보이지 않았다.

드디어 강남의 마석이 사라진 것이다.

[첫 번째 거대 마석이 사라졌습니다.]
[축하합니다. 첫 승리입니다.]
*기여도에 따라 큰 폭의 경험치, 스킬 포인트가 주어집니다.
*모든 아르케디아인의 레벨이 오릅니다.

마석이 사라지는 순간 바로 부활석이 설치되며 하늘로 빛의 기둥*이 치솟았다. 멀리서 확연하게 보일 정도로 밝은 빛이었다. 루나의 신성력이 잔뜩 담겨 있어 서울은 한층 더 밝아졌다.

[필드에 주기적으로 많은 수의 비활성 마석이 등장합니다. 침공에 대비하세요.]
[많은 종류의 동식물, 광물이 필드에 나타나기 시작합니다.]

하늘이 열리는 것 같은 광경이다. 구름이 사라지며 세이프리 주변으로 많은 수의 마석이 빛을 뿜어내며 떨어져 내렸다.

[봉인되어 있던 대도시들이 지상으로 내려옵니다. 인적이 없는 곳에 착지할 것입니다.]

*[철벽 도시] 비르딕
*[엘프의 심장] 엘브라스
*[드워프의 자존심] 아르본
*[수인족의 고향] 소론
[대도시 근처에 비활성 마석이 출현합니다.]
[대도시 근처에 소도시, 마을들이 출현합니다.]

아르케 넷에서는 도시가 천천히 지상으로 내려오는 모습이 벌써 생중계되고 있었다.

대도시들은 빠른 속도로 이동하며 인적이 없는 산이나 사막, 그리고 바다 위를 향해 나아갔다.

일반인에게도 그 모습이 카메라에 담겨 현재 뉴스 특보로 나가고 있었다.

루나는 신성의 품에 기대었다.

"바빠지겠네요."

"그렇겠지."

세이프리 때와는 달랐다.

아마 한동안 무척이나 혼란스러울 것이다.

"엘프 퀸과는 인연이 있으니까 잘 말해보면 괜찮을 거예요."

"가장 큰 문제는 비르딕인가?"

마족 카르벤이 봉인되어 있는 곳.

휴먼족이 마족 카르벤을 봉인하고 그 위에 철벽의 도시를
세웠다.

그곳이 바로 휴먼족의 상징 비르딕이었다.

『드래곤 레이드』 4권에 계속…

초대형 24시 만화방

신간 100%, 샤워실, 흡연실, 수면실(침대석), 커플석, 세탁기 완비

■ 시흥 정왕25시점 ■

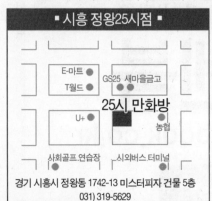

경기 시흥시 정왕동 1742-13 미스터피자 건물 5층
031) 319-5629

■ 강북 노원역점 ■

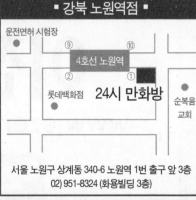

서울 노원구 상계동 340-6 노원역 1번 출구 앞 3층
02) 951-8324 (화용빌딩 3층)

■ 일산 정발산역점 ■

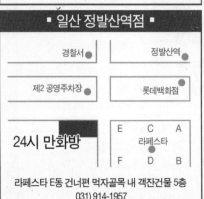

라페스타 E동 건너편 먹자골목 내 객잔건물 5층
031) 914-1957

■ 일산 화정역점 ■

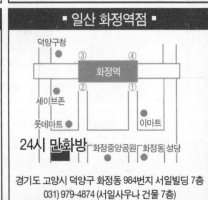

경기도 고양시 덕양구 화정동 984번지 서일빌딩 7층
031) 979-4874 (서일사우나 건물 7층)

■ 부천 역곡역점 ■

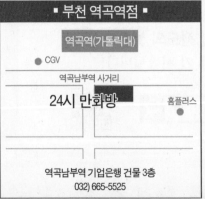

역곡남부역 기업은행 건물 3층
032) 665-5525

■ 부평역점 ■

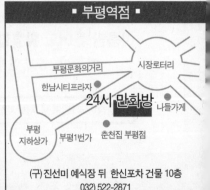

(구) 진선미 예식장 뒤 한신포차 건물 10층
032) 522-2871

FUSION FANTASTIC STORY

자미소 장편소설

GRAND SLAM
그랜드슬램

2016년의 대미를 장식할 최고의 스포츠 소설!!

Career record : 984W 26L
Career titles : 95
Highest ranking : No.1(387weeks)
Grand Slam Singles results : 23W
Paralympic medal record : Singles Gold(2012, 2016)

약 십 년여를 세계 최고로 군림한 천재 테니스 선수.
경기 내내 그의 몸을 지탱하고 있는 것은…… 휠체어였다.

『그랜드슬램』

휠체어 테니스계의 신, 이영석(32).
그는 정상의 자리에서도 끝없는 갈망에 사로잡혀 있었다.

"걷고 싶다, 뛰고 싶다. …날고 싶다!!"

뛸 수 없던 천재 테니스 선수
그에게, 날개가 달렸다!!!

Book Publishing CHUNGEORAM

유행이 아닌 자유추구 -
WWW.chungeoram.com

GAME BALL

게임볼 설경구 장편소설
FUSION FANTASTIC STORY

무명의 야구인이었던 남자,
우진이 펼치는 야구 감독으로서의 화려한 일대기!

『게임볼』

"이 멤버로 우승을 시키라고?"

가상 야구 게임,
게임볼을 통해 인생 역전을 꿈꾸는

한 남자의 뜨거운 행보에 주목하라!

Book Publishing CHUNGEORAM

유행이 아닌 자유추구 -
WWW.chungeoram.com